河南黄河故事丛书

U0806118

河南黄河故事丛书编委会

《河南黄河故事·焦作卷》

河南黄河故事丛书

河南黄河故事

焦作卷

河南黄河河务局组织编写
焦作黄河河务局　编

黄河水利出版社
·郑州·

图书在版编目（CIP）数据

河南黄河故事．焦作卷 / 河南黄河河务局组织编写；焦作黄河河务局编．— 郑州：黄河水利出版社，2023.6
ISBN 978-7-5509-3577-8

Ⅰ．①河…　Ⅱ．①河…　②焦…　Ⅲ．①故事－作品集－中国－当代　Ⅳ．①I247.81

中国国家版本馆 CIP 数据核字 (2023) 第 094844 号

策划编辑　王建平　电话：0371-66024993　E-mail：1360300540@qq.com

责任编辑　景泽龙　　　　责任校对　兰文峡
封面设计　张心怡　　　　责任监制　常红昕
出版发行　黄河水利出版社
地址：河南省郑州市顺河路 49 号　邮政编码：450003
网址：www.yrcp.com　E-mail：hhslcbs@126.com
发行部电话：0371-66020550
承印单位　河南博之雅印务有限公司
开　　本　787 mm × 1 092 mm　1/16
印　　张　14
字　　数　210 千字
版次印次　2023 年 6 月第 1 版　　2023 年 6 月第 1 次印刷

定　　价　88.00 元

出版说明

黄河是中华民族的母亲河。对于中华儿女来说，奔腾而来的黄河不仅是一条地理意义上的长河，更是一条文化精神之河。在中国长达数千年的历史长河中，中原地区、黄河流域是中华文明诞生、成长、发展和鼎盛繁荣的核心区，也是中华文明的传播地与创新地。2019 年 9 月 18 日，习近平总书记在郑州主持召开的黄河流域生态保护和高质量发展座谈会上指出，“黄河文化是中华文明的重要组成部分，是中华民族的根与魂”，“要深入挖掘黄河文化蕴含的时代价值，讲好黄河故事，延续历史文脉，坚定文化自信，为实现中华民族伟大复兴的中国梦凝聚精神力量”。

重任在肩，责无旁贷。作为黄河文化发祥地、千年治黄主战场、幸福河建设示范区，河南黄河人始终牢记嘱托，黄河文化建设交出精彩答卷。紧密围绕治黄文化，编制《保护传承弘扬黄河文化工作方案》，成立黄河文化研究中心，聚焦文旅文创融合发展，打造黄河文化千里研学之旅，编制发布研学手册，与河南省文旅厅签订战略合作框架协议，联合评选命名 10 处“黄河文化研学实践基地”，研学之旅精品线路打造有力有序。着力繁荣河南黄河文化精品创作，编写出版《河南黄河之最》《战洪图》《河南黄河重要治河文献选编》《河南黄河防洪工程名录》《最忆是长河》《黄河流域红色文化资源概览》等书籍 8 部约 200 万字。《河南黄河之最》获河南省 2021 年度“豫版好书”称号，《焦作黄河志》获焦作市 2021 年度社会科学优秀成果特等奖。成功申报并完成中国政研会重点委托课题“黄河流域红色文化资源保护传承弘扬研究”的研究，配合完成中央党史研究院重大课题“新中国成立以来河南省对黄河的治理保护”的研究。黄河号子成功申报国家级非遗项目、黄河埽工被评为开封市非物质文化遗产。加快推进黄河文化与党建、工程等深度融合，建成水利部融合示范点3处、省级科普基地5处、河南黄河文化融合示范工程8处、治黄文化展厅8处，打造全国唯一以带状形式展现普法成效的“河南黄河法治文化带”。建成一批黄河文化展示厅，成为社会各界了解黄河、认识黄河的绝佳窗口。

编辑出版河南黄河故事丛书，是贯彻落实习近平总书记重要讲话精神的具体举措。这套丛书，是河南黄河河务局近年来黄河文化建设的重要成果，目的就是通过阐释数千年来中华民族对黄河的抗争和探索、开发和保护，以及由此而形成的治河方略、民本思想、家国情怀、民族精神、生态理念，传递具有中国价值理念的治河文化和生态文化，增强文化自信，为河南黄河保护治理提供强大的智力支持和精神力量。本系列丛书不仅可以作为社会各界了解、研究黄河治理和黄河文化的参考，而且对持续推进黄河流域生态保护和高质量发展具有重要的借鉴意义。

河南黄河河务局党组高度重视丛书的编辑和出版工作，党组书记、局长张群波同志多次过问，推动工作有力有序开展。一级巡视员姚自京同志从提出编写原则、修改编写大纲，到各分册内容编排、封面设计等多方面给予了悉心指导。各参编单位的领导和编写人员付出了辛苦的劳动。在编写过程中，很多老领导、老专家也从不同角度提供稿件、补充图片，提出意见和建议。这些，都为河南黄河故事丛书的编辑出版创造了良好条件。

让我们牢记习近平总书记的殷殷嘱托，深刻认识保护传承弘扬黄河文化的重大意义，进一步推进河南黄河文化遗产保护，深入挖掘河南黄河文化蕴含的时代价值，讲好“河南黄河保护治理故事”，为黄河永远造福中华民族而不懈奋斗！

河南黄河故事丛书编委会

2022年12月

前 言

焦作是我国较早出现人类活动的中心地区，也是黄河文化的重要发源地之一。远在8000年前的氏族公社时期已有人类居住，现存裴李岗文化、仰韶文化和龙山文化遗址多处。焦作位于黄河左岸，是黄河中下游接合部、黄河“悬河”的起点，境内黄河河道长98公里，流程长、流域面积大，仅黄河大堤就长达60.6公里。同时，沁河也在焦作武陟汇入黄河。沁河是黄河的重要支流之一，历史上决口泛滥频繁，素有“小黄河”之称，是黄河众多支流中唯一纳入国家统一规划治理的支流，且也是一条“地上悬河”。

焦作特殊的地理位置，孕育出灿烂独特的治河文化。这里是黄河著名历史地理地貌特征——大伾山及黄河下游第一湾所在地，是黄河下游的开端、堤防工程的起点，也是历代黄河治理开发重大事件、重要活动的发生地。山经河、禹河，以及西汉故道、东汉故道，均在此折向东北。清代所建的嘉应观，有万里黄河第一观、黄河上最大的龙王庙之美誉。党领导下的人民治黄后，黄河下游第一个大型引黄自流灌溉工程——人民胜利渠，亦在此兴建。2013年，焦作武陟县荣获全国首家“黄河文化之乡”称号。

《河南黄河故事·焦作卷》从流水沧桑、覃怀稽古、人杰地灵、河畔夜话、换了人间等5个方面，展示了黄河对焦作历史文化、山河地貌、经济社会等各方面的巨大影响。对“覃怀”的考究、对大伾山古貌的初探，带领读者穿越时空，与历史相会。北围堤抢险、堵复大樊口、杨庄改道工程再现了抗洪抢险的艰难和荣耀，也让读者深刻了解了焦作黄河治理的复杂性与必要性。黄河第一观——嘉应观、第一个大型引黄灌溉工程——人民胜利渠、黄河小浪底最大的移民工程温孟滩移民工程等，既见证了焦作黄河发展的历史，同时又是推动焦作黄河文化传播的载体。“竹林七贤”、董永遇仙、古阳堤等篇，充分展现了怀川大地的人文情怀、民俗风情和历史面貌。可以说，本书既有故事的趣味性，又有历史的厚重感，在深挖黄河文化底蕴的同时，给读者奉上一道丰盛的精神文化大餐。

悠悠华夏五千载，滔滔黄河万里长。让我们把习近平总书记的殷殷嘱托全面落实在怀川大地，继续与人民群众一起见证历史、见证黄河，讲好黄河故事，让黄河文化在新时代大放异彩！

编　者

2022 年 11 月

目　录

流水沧桑

覃怀稽古

人杰地灵

河畔夜话

换了人间

流水沧桑

过河内作（节选）

［明］杨慎

晨行河内道，旷然清客心。

太行北麓近，丹流东逝深。

从芳金碧岸，总翠映遥林。

蒲梢递余馥，柿叶垂繁阴。

客行虽云苦，对此一开襟。

古风美乐土，兹情验于今。

古河内河道变迁

关于黄河中下游分界，有多种说法，其中最具代表性的说法有两种：一是高校教材《中国自然地理》所指，河南“孟津以下为下游”；一是黄河水利委员会的观点，即“黄河自河口镇至河南郑州市的桃花峪为中游”。

黄河中下游分界区域是指酸枣（在今延津县）至荥阳的古黄河河道，今指郑州荥阳市至惠济区河段。这里基本上处于黄土丘陵与华北大平原的交界处，也是黄河由峡谷型河道向平原游荡型河道过渡的交接点。涉及的范围大致包括今郑州的荥阳市、惠济区，焦作的武陟县，以及新乡的获嘉县和原阳县等。依据文献记载，历史上的黄河河道在该区域并不像现在这样呈东西走向，因受右岸山体阻挡，而由此折向东北。现今较为顺直的河道，是在多重因素的共同作用下，一步一步演变而来的，并对黄河下游的河道变迁产生了重要的影响。

“山经河”和禹河的河道走向

据有关专家、学者的分析研究，在西汉故道形成前，今荥阳、武陟以下黄河故道有山经故道和禹河故道。

谭其骧先生认为，禹河和“山经河”在河北深县以上故道线路相同。张克伟先生则通过对卫星影像判别和实地考察，进一步提出了“山经河”在该区域的具体走向为：武陟东石寺—获嘉照镜—新乡市区北部—卫辉，与郇封岗遗迹同，在禹河故道之西，且先于禹河故道。

至于禹河故道的走向也有多种说法。《禹贡》记述的河道为："孟津及洛水入河处后，然后经河南浚县东南大邳山（一说在成皋，即今荥阳西汜水镇）"。岑仲勉在《黄河变迁史》中认为，古济水是东周河徙前的黄河故道，自荥泽，经阳武，至封丘、长垣。张克伟先生则认为是"自武陟北郭，经圪垱店南、新乡七里营北和朗公庙、卫辉东……"在这些说法中，笔者认为张克伟先生的观点较为可信，与有关文献记载和历史地理、地质考证比较吻合。

"逐水草而居"，是先民生存的最大特点。分布在武陟境内的多个新石器时期遗址，为"山经河"、禹河故道的存在提供了有力的佐证。如草亭遗址（位于北郭附近）、东石寺遗址、商村遗址（位于圪垱店附近，有汤帝庙和汤帝陵遗存）、邸部遗址（位于圪垱店东）。据清乾隆二十一年（1756）《武陟县志》载："县东邸部镇及商村北，旧堤尚存，称汤王堤……"，都应位处远古黄河的岸边。在今武陟县东中心线上，有一条古村落带：木栾店、马曲、大城、圪垱店、商村、邸阁。其中，木栾店的历史可追溯到秦代的穆陵关，大城则是秦始皇所封武德县的治所，而邸阁的村名来源于北魏时在此地设立的邸阁仓。这条村落带正好位于今黄河下游左岸最古老的堤防——古阳堤一线。据《黄河水利史述要》《河南黄河志》记载，古阳堤为汉堤，起自河南武陟白马泉，经获嘉、新乡、卫辉、滑县、浚县、内黄，入河北大名，又经馆陶、临清至德州北止，长达数百公里。又据黄河水利委员会1984年调查，古阳堤现仅存残堤七处，难觅其形。

由"山经河"到禹河，与发生在距今4000年前后的一次大的自然灾害密切相关。研究自然史的学者证实，4000年前确实曾有过一次自然灾害集中爆发的异常期，在短短的一二百年间持续严寒、特大地震、百年不遇水灾旱灾频频发生。这次自然灾害异常期，被史学界称为夏禹宇宙期。其中，水患最为严重。"四极废，九州裂，天不兼复，地不周载；火爁焱而不灭，水浩洋而不息"，"当尧之时，水逆行，泛滥于中国，蛇龙居之"，以及舜禹之际"三苗大乱，天命殛之；日妖霄出，雨血三朝，龙生于庙，犬哭呼市夏冰，地拆及泉，五谷变化，民乃大振"，正是该异常期自然的真实写照。由于频繁的洪水灾害，直接导致了黄河下游的大改道。

另外，据有关地质学家分析，在全新世中期，太行山东麓、南麓整体上隆，沉降中心向东、南方迁移，孟津—黑羊山断裂也发生了继承性掀斜运动等，则是黄河下游向南、向东滚动改道的地质背景。

西汉故道、东汉故道时期的河道变化

周定王五年（前602），黄河下游发生了第一次大改道，形成汉志河。依据《史记 · 河渠书》《汉书 · 沟洫志》《水经 · 河水注》等文献分析，其主河道在中下游分界区域大概经今荥阳北、延津西，呈东北走向。自然状态下的黄河自此因受人工的过多干预，在造福人类的同时，也带来了灾难性的恶果。洪灾的不断发生，或为满足各诸侯国政治、军事需要，下游两岸自战国起开始了大规模的堤防建设；凿渠通漕，发展航运，则为黄河中下游地区的发展、繁荣，乃至国家的统一，奠定了良好的基础。

“导沇水，东流为济，入于河，溢为荥。”位处中下游分界区域的荥泽，早先可能为山涧自然泛溢而出的黄河水所形成。但是，随着魏惠王十年（前360）开挖鸿沟（以后又有秦汉之浪荡渠、荥阳漕渠和汴渠，隋之通济渠和唐、宋之汴水等），黄河在我国经济社会发展繁荣中的重要地位和作用得以显现。先是魏国的崛起，后是秦汉的统一，黄河流域的政治、经济、文化中心地位得到了进一步的巩固和加强。至唐、宋，随着西安、洛阳、开封渐次成为帝都和黄河漕运的中枢，黄河流域的政治、经济、文化则达到了顶峰。

凡事有利亦有弊。也正是鸿沟水系的形成，导致了中下游分界区域自然状态的彻底打破，以至于300多年后，方圆数十里的荥泽被分黄河水而携带的泥沙所湮没。而在汉文帝十二年（前168），酸枣——这一古黄河中下游分界的末端也首次发生了河决。

西汉哀帝时，黄河首先在魏郡（今南乐县一带）以东决口泛滥，甚至到了难以分清主次河道的地步。平帝时，又在今荥阳、惠济区北发生剧烈变化，河道大幅度向南摆动，黄河与济水分流处的山体严重坍塌，以至于进一步发展成黄河、济水、汴水各支派乱流的险恶局面，并最终导致黄河史上的第二次大改道（王莽始建国三年，公元11年，河决魏郡），形成东汉河。在黄河中下游分界区域，该河段大致经今荥阳、惠济区北、武陟东、获嘉南、新乡县南，入延津。

此后近60年间，黄河下游的灾患不仅没有减轻，而且更加恶化。黄河河道逐步向南侵蚀、蔓延，黄河、淮河间数十个县则经常被严重泛滥的洪水所淹没。面对如此严重的黄河灾患，光武帝刘秀也曾一度有意治理，但因当时尚处于战后的恢复期而作罢。明帝执政后，也酝酿要治理，只是因意见不统一，未能及时动手。直到永平十二年（69）朝廷才决定修治，并依照王景陈述的意见，开始了一场大规模的治理活动。

王景主持下的这次治河，是一次综合性的治水活动，既整治了汴渠，也治理了黄河。王景对引黄入汴口的治理是通过在黄河分汴处设置两处或两处以上水门，实行多首制，交替从黄河中引水入汴而实现的。正如《后汉书·王景传》中所说：王景治河时，曾视地形、地势，对阻碍水道的山体和一些旧有的阻水工程进行了挖掘和破除，并对不需要的流水通道予以堵截。可以设想，王莽时期黄河改道后，中下游分界区域以下的河道均走平原，要行治理，当以筑堤为主。而要整治汴渠，解决黄河、汴渠的乱流问题，首先应对引水口门进行重新规划和建设。这就需要在该区域河道右岸的山区丘陵上大做文章。《后汉书·明帝纪》中的一段话就很能说明问题。在王景治河完工后，明帝曾对荥阳一带的治理工程进行了视察，并下发诏书说："今既筑堤，理渠，绝水，立门，河、汴分流，复其旧迹……"这里提到的"绝水""立门"，严格地说，指的就是王景治河的水门工程。"绝水"，就是堵塞和废除旧有或新冲开的不适宜的分水通道；"立门"，即重新规划和建设引黄入汴的水门。水门工程的建设是复杂的。一方面，黄河来水有丰水和枯水的季节之分；另一方面，荥阳以下的黄河河道又属游荡型河道，只有科学地设置口门，才可以做到在丰水期和枯水期都能正常引水，并使引水口门尽可能适应黄河的溜势变化，确保引水成功。这也可能是两处水门要相间十里的技术依据（与当时黄河溜势摆动范围有关）。当然，也是王景把水门建设作为这次治河工程治理重点的真正原因。

然而，从某种意义上说，王景对引黄入汴口的治理也是对中下游分界区域河道右岸山体的一次重大破坏。为避免河水对口门和山体的直接侵蚀、损毁，到了东汉中期，汴渠的水门已由土木结构改变为耐冲经久的砌石工程了。同时，沿右岸山体修筑了金堤，于左岸建石激，以控导河势。

另外，还特别值得一提的是，在这一时期，因得黄河之利，使位处左岸的武德县（县城在今武陟东南圪垱店大城村）和怀县（县城在今武陟县西南十里）成为秦、汉皇帝频繁光顾的历史重镇。据史料记载，始皇帝二十八年（前 219），秦始皇巡游至此，见这里原野茫茫、山河襟带，为夸耀其武功，“自以武德定天下”，遂置武德县；汉刘玄更始二年（24）至汉章帝元和三年（86），汉皇曾 15 次至怀；光武帝刘秀不仅在此祭祀社稷，还在怀县县城修筑离宫作为京都洛阳的陪都。

北宋至金、元时期的河道变迁

前言中下游分界区域的河道右岸山体，对该河段的河道变迁有着至关重要的影响，而凿渠通漕对右岸山体的严重损毁，则加速了这一过程。

在汉文帝之前“漕转山东粟以给中都官，岁不过数十万石”。而到武帝时，已增至 400 万石，最多时曾达 600 万石，即“山东漕益发六百万石”。到了唐天宝二年（743），通过黄河、汴渠一年内运抵关中的粮食达 400 万石。而在北宋大中祥符初年（1008—1016），汴河运米则猛增至“七百万石”，远远超过了唐代汴渠的漕运量。另外，为转运方便，从汉代开始在河阴（今郑州惠济区北）以上的沿河山上还修建了多处大型粮仓。其中，汉代的敖仓和唐代的河阴仓均在中下游分界区域河道右岸的高地或山上。

提高和扩大漕运能力，对于发展经济无可厚非，但同时对生态环境也带来了某种程度的破坏。通过对引黄口门和渠道的及时整治、维护，确保漕渠持续拥有适当水量，是提高漕运能力的关键。黄河下游漕渠在汉、唐，乃至北宋时期，除有个别湖、塘调蓄水量外，主要以设在中下游分界区域右岸山体的引黄口门分水为主。正因如此，王景治河时才会在口门建设上下了那么大的功夫。然而，随着废弃和新增引黄口门，以及对漕渠的不断疏浚，也同时加速了右岸山体的侵蚀和塌陷，尤其是在洪水时节，左突右冲的河水，对口门和渠道两岸山体的侵蚀会更大、更为严重。例如，隋炀帝大业元年（605），为开凿通济渠，“自板渚（在今荥阳汜水镇东北17.5公里）引河通于淮”。唐开元十五年（727）正月，因梁公堰“新漕塞，行舟不通”，当朝命将作大匠范安率“河南府、怀、郑、汴、滑、卫三万人疏决开旧河口”，重开板渚口以利通漕。后周广顺三年（953）六月，周太祖郭威发“郑州夫一千五百人修原武河堤”。处于中下游分界区域河道右岸山体之末的原武（今原阳西北），地势相对较低，此时已不得不通过筑堤来约束水流了。

到了北宋，由于“大河向背不常”，“河口岁易”，为确保汴口引水，朝廷设置了“勾当汴口”的专职官员，除经常“度地形，相水势，为口以逆之”外，还负责对汴口水门的启闭及其附近淤积的疏浚，并制定了相关的制度。由此，也可看出中下游分界区域河道右岸山体在这一时期损坏的严重程度。

也有特殊情况发生。如在北宋熙宁十年（1077）七月，一次大洪水过后，导致今巩义至荥阳的河道脱离右岸山体北移，从而为北宋著名建筑家和水工专家宋用臣在此实施“引洛入汴”工程创造了有利条件。该工程的实施，实现了数十年汴河撇开黄河，直接引伊洛河水以解决渠道泥沙淤积、谋求漕运畅通的目的。

但总的看，黄河下游漕运发展，以及河水的不断淘刷，对中下游分界区域河道右岸山体的侵蚀是十分严重的。依王法星先生在《河洛及其右山的历史变迁》一文中的分析计算，自魏惠王十年（前360）至明天顺六年（1462）计1822年间，右岸山体陷落约100平方公里，实际面积还应大些。山体的塌陷，则直接导致了该河段的河道变迁和下游决口地点的上移，进一步加重了该区域的河患。

北宋乾德四年（966），“七月，荥泽河南北堤坏”；开宝四年（971），“郑州决原武县”；开宝六年（973），“怀州河决获嘉县”；太平兴国二年（977），“郑州坏荥泽县宁王村堤三十余步”；太平兴国三年（978），“五月，怀州河决获嘉县，北注”，“夏，河决荥阳”；太平兴国七年（982），

“十月，河决怀州武陟县，害民田”。在短短的十余年间，中下游分界区域河道两岸就发生了 7 次河决，不难想象其剧烈的变化。

金元时期，黄河下游战祸连绵，破坏严重，加之汴渠被废，大量分流河水，河道形势更加复杂，古汴渠上段（今郑州至开封段）也因此逐渐演变成为大河主流。岑仲勉《黄河变迁史》引《淮系年表 · 水道编》说：“宋南渡后汴漕废……自是大河直逼广武山麓，河、汴合一。”但原河道并未绝流，特别是洪水期，仍有大量分流。

金大定八年（1168）黄河自李固渡（今河南浚县南）决口改道后，卫州（今卫辉市）、延津和原武一带变成了决溢频繁、灾患渐多的地区。从大定八年至金章宗明昌五年（1194）的 27 年间，黄河在卫州、延津一带的决溢次数几乎占整个下游决溢总数的一半，造成了严重的灾害，河道进一步南移。到元至元九年（1272）黄河北决新乡县广盈仓南后，大河在原武以下，已移至阳武、延津、封丘一线。

元末，中下游分界区域的多次决口，则进一步加快了该区域河道南移的速度。至元二十年（1283）秋，河决原武；至元二十三年（1286）原武再决；大德八年（1304），获嘉河溢；大德十一年（1307），河决原武；延祐二年（1315），河决郑州，坏汜水县县城；延祐七年（1320），河决荥泽塔海庄东堤和原武；泰定三年（1326）七月，河决郑州，阳武等县受灾严重。到了“至正十六年（1356）八月，河决郑州河阴县，官民居尽废，遂成中流”，说明大河主流至此在中下游分界区域已基本走现行河道，即由荥阳、惠济区，经中牟，至开封。

现行河道在明代的形成

明初，黄河中下游分界区域及其以下河道忽南忽北，极不稳定。究其原因，除两岸堤防尚未形成的因素外，与当朝确保京杭大运河漕运的治河策略不无关系。然而，随着两岸堤防的逐步完善，黄河下游河道也日趋稳定下来。

这一时期，在中下游分界区域的决口主要有：洪武十四年（1381），河决原武、中牟；洪武十六年（1383），河溢荥泽；洪武二十年（1387），河决原武黑羊山；洪武二十四年（1391），黑羊山再决；宣德三年（1428），郑州、荥阳、荥泽黄河泛滥；正统二年（1437），荥泽、原武河决多处；正统十年（1445），原武河决；正统十三年（1448），荥泽再决；天顺元年（1457），荥泽、原武黄河泛滥；弘治二年（1489），河决原武和中牟杨桥；弘治九年（1496），中牟再决。

与此同时，明王朝也多次组织实施了以筑堤为主的大规模的治理活动。永乐二年（1404），修筑武陟马曲堤防；正统十三年新乡县八柳树决口后，洪水直抵张秋，沙湾一带运道冲毁，徐有贞受命治理，“沿卫、沁，循大河，道濮、范”，对地形、水势进行了实地查勘，“设渠以疏之，起张秋金堤之首……乃逾范及濮，又上而西，凡数百里，经澶渊以接河、沁……”弘治二年，黄河在河南境内大决，再次冲入张秋漕河后，朝廷“命白昂为户部侍郎，修治河道”，并“赐以特敕，令会山东、河南、北直隶三巡抚，自上源决口至运河，相继修筑”；弘治三年（1490），白昂“乃役夫二十五万，筑阳武长堤，以防张秋”，使今原阳上下的堤防得到进一步的加固；弘治六年（1493），都御史刘大夏受命治河。在疏浚南岸支河、筑塞张秋决口之后，为遏制北流，又筑塞了黄陵岗及荆隆口等口门七处，并在北岸修起了数百里的长堤，其中大名府长堤，“起胙城，历滑县、长垣、东明、曹州、曹县抵虞城，凡三百六十里”，名太行堤。到了嘉靖十四年（1535），明代治河名臣刘天和再次对原武以下堤防进行了修筑。“内缺者补完，薄者帮厚，低者增高，断绝者连接创筑……”

河南境内的南岸堤防是在嘉靖后逐步修筑完成的。嘉靖八年（1529），郑州孙家渡河堤建成。至潘季驯治河时，他不仅完成了徐州以下的黄河治理，而且对河南境内的堤防也进行了大规模的修筑。在荥泽、原武、中牟、郑州、阳武、封丘、祥符、陈留、兰阳、仪封、睢州、考城、商丘、虞城、河内、武陟等16县中，帮筑创筑的遥、月、缕、格等堤和新旧大坝更长达460多公里。至此，中下游分界区域现行河道基本形成。

神秘的大邳山

大邳山作为黄河著名地理地貌特征，最早记载于《尚书·禹贡》，说“禹河”“东过洛汭，至于大邳；北过降水，至于大陆”。然而，由于时代久远，历史变迁，其位置、归属并不明确，难有定论，成为历史疑案。一说在今荥阳市汜水镇西北，山体绝大部分已塌没入黄河中；一说即今河南浚县大邳山，因古迹众多而闻名。那么，神秘的大邳山究竟在何处呢？为什么会在历史上有这么大的分歧呢？

还是让我们先看看有关历史文献是如何记载的。如前所述，大邳山最早出现在《禹贡》所记述的黄河流路中。大禹治水“导河积石，至于龙门；南至华阴；东至于砥柱；又东至于孟津；东过洛汭，至于大邳；北过降水，至于大陆；又北播九河，同为逆河，入于海”。以上诸多地名由“南、北、东”多个方位词连接，说明了古黄河的流向。进一步分析，也不难看出华阴和大邳山两地应是“禹河”折东和折北的转弯处。但后人若仅从以上记述来判断地处黄河中下游的大邳山的准确位置，而不考察历史，是极其艰难的。

《史记·河渠书》记述的“禹河故道”基本与《禹贡》记述的相同，只是将大邳山下的河势、工情补入了35个字：“自积石，历龙门，南到华阴；东下砥柱，及孟津、洛汭，至于大邳。于是，禹以为河所从来者高，水湍悍，难以行平地，数为败。乃断二渠，以引其河，北载之高地，过降水，至于大陆。播为九河，同为逆河，入于渤海。”“二渠”即济渠和莨荡渠，已为后人所证实。分析这一记述，大邳山应是这两条渠的源头所在，也点明了古黄河在这折向东北的原因。以此推理，大邳山应在荥阳汜水西北。

另外一些文献资料的记述也印证了这一点。如东汉郑玄说："大邳，在河内修武、武德之界。"三国时魏人张辑说："大邳，成皋县山也。"晋《地道志》称："济自大邳入河，与河水斗，南溢为荥泽。"《水经注》中也说："河水自洛口又东，左迳平皋县南，又东迳怀县南，济水故道之所入，于成皋分河。河水右（又）迳黄马坂北，河水又东迳旋门坂北，河水又东迳成皋大邳山下"，"又东北过武德县东，沁水从西北来注之"等等。据此，有关学者研究得出大邳山位于河、洛右岸至汜水入黄口，是嵩岳余脉，原系西南东北走向，可沿至今获嘉、武陟两县交界带，面积100余平方公里。

可是到了宋代，刘伯庄在《汉书音义》中却说："有臣瓒者以为修武、武德无此山也。"并引发出了后人的种种猜测。这又包含着什么样的深刻原因呢？

以历史的眼光看，至少有以下两条原因：一是自然决溢，一是人力开凿。

先说自然决溢。这一情况的发生是与古时大邳山前独特的河情、河势及大邳山山体的土质（黄土）密切相关的。远古时期，从华阴、砥柱一泻东下的黄河，在洛汭南接伊、洛河水，北接济水与沁河后，忽被横亘在面前的大邳山阻挡，湍悍的洪水不仅淘刷河岸山体，抬升的河水还会四处寻找出路，从不太畅通的大邳山谷涧中冲出。因此，也就有了"济自大邳入河，与河水斗，南溢为荥泽""河决为荥，济水受焉"的记述。洛汭与大邳山前这一独特的河情、河势曾为古人所关注和重视。据历史记载，洛汭在夏、商、周以前曾是古代帝王"沉璧祭天"的地方，这种情况直到东汉时期仍未有多大改变。汉阳嘉三年（134），河堤谒者山阳东缗司马登曾有详细的记述："伊洛合注大河，南则缘山，东过大邳，四流北岸。其势郁蒙涛怒，湍急激疾。一有决溢，弥原淹野，蚁孔之变，害起不测。盖自姬氏之所常戚、昔崇鲧所不能治也。"正是大自然的这种鬼斧神工，不断淘蚀，而使大邳山山体日渐陷落泯灭，不见山形。

人力的开凿，则加速了大邳山的消失。"昔大禹塞其淫水，而于荥阳下河东南，以通淮泗"。一方面说明世人对黄河下游灌溉、漕运开发利用之早，另一方面说明了大邳山为人力开凿的时间之长。随着社会的进步、经济的发展，开渠引水以利灌溉和漕运也越来越受到世人的重视。汴渠的发展及其在历史上的重要地位即为证明。春秋战国时期，沟通河、淮两大流域的鸿沟水系完成，至唐宋时期汴渠已基本成为封建统治阶级赖以生存的经济、交通大动脉。渠道不断拓宽，引水量急剧增加，加之洪水期间渠道的分洪作用，不难看出大邳山受损的严重程度，足以形成“腰斩”。也正因此，才有了历史上关于大邳山地理位置的种种说法。而到了宋代，大邳山在今黄河以北已完全被黄河所吞没。

另外，研究黄河下游河道变迁的历史，也能给大邳山存在的位置提供有力的佐证。总结历史上黄河下游河道变迁的情况，总体上是由北到南，再由南至现行河道的。在现行河道以北行河，常以河南浚县与滑县上下为其顶点。在 1000 多年中，先由流向东北转向东偏北，再由东偏北转为东北，南北往返变迁，周而复始。其摆动范围，西北不出漳水，东南不出大清河，用现代眼光来审视这一结果，是与黄河中下游交界处的大邳山对洪水的顶托，使流向改变，折向东北分不开的。而到了在现行河道以南行河时，河南原阳、延津一带已成为顶点，与北行相比，不仅顶点上移，泛滥范围也随之扩大。这个改变与大邳山的陷落、消失，河道南趋是相一致的。

此外，一些历史遗迹也为大邳山的存在位置提供了证据。1984 年黄河水利委员会黄河志总编室的专家们对武陟至馆陶西汉故道进行了考察。他们根据左岸残堤及河道遗址画线，认为此故道是从武陟县西余原村起，“经县东马曲、商村、冯堤，入获嘉境”，并说“滑县以上至武陟一段，有史以来即为黄河所流经，其流经期一直延至明代中叶”。

正是依据上述种种理由，有关学者得出了黄河中游因大邳山塌退移以至消失而改道的结论，并认定荥阳汜水大邳山，即《禹贡》《史记》所记的大邳山。

至于浚县大邳山，尽管历史遗迹众多，又濒临黄河故道，但因与历史记载不符或缺乏有力的实证，并不能确认为就是《禹贡》《史记》所记述的大邳山。

黄河泥沙湮济水

济水，在我国历史上曾是一条与长江、黄河、淮河等齐名的河流。《周礼·职方》《汉书·地理志》《说文解字》《水经》《水经注》等众多历史、地理文献中都有明确记述。《尔雅·释水》中说："江河淮济为四渎。四渎者，发源注海者也。"据记载，济水不仅连接着荥泽、莆田泽、菏泽、巨野泽等众多中原地区的古老湖泊，还汇集了濮水、汶水、泺水等多个古老的河流。在唐宋以前，它还与黄河、汴渠、淮河及其支流构成了我国历史上最大的水运交通网络。开封、济南等历史文化名城的建设与发展都曾得益于它，并在某种程度上对我国的历史发展进程产生过极为重要的促进作用。

可是，就是这样一条贯穿我国中东部地区，曾有着很高知名度的河流，却因人为的因素及其与黄河的密切关系，受黄河洪水、泥沙以及决溢、改道的影响而逐渐湮没了。时至今日，我们仅能从历史文献和济源、济宁、济南、济阳等这些曾与济水有着很深历史渊源的地名中领略其昔日的风采了。

那么，济水在历史上是如何变迁以至消失的呢？

《尚书·禹贡》是我国历史上最早的一部具有较高科学价值的地理著作。据此记载，济水包括黄河南、北两部分。"导沇水，东流为济，入于河"，这是黄河以北部分；"溢为荥，东出于陶丘北，又东至于菏，又东北会于汶，又东北入于海"，这是黄河以南部分。这就是见载于史册的济水历史上最早的河道。此后的文献，对济水的情况也多有记述，并反映了它发展、变迁的轨迹。

黄河以北部分尽管流程较短，但受自然因素和沁河下游河道变化的影响，屡经变迁，以至于消失而不闻其名。据记载，从西汉至北魏的700余年间，济水入黄下游经历了三次大的变迁，趋向是由东逐渐向西偏移。《汉书·地理志》称其在今武陟县南入河；《水经注·河水》说在今温县东南入河；到了《水经注》记录的时期，又改在今温县西南入河。据有关专家分析，济水入黄逐渐上移，主要是沁河下游河道变化影响、作用的结果。然而历史研究发现，发源于济源王屋山的这段济水最重要的一次变迁却起因于王莽时期的一次大的自然灾难。《水经注》的作者郦道元说，西汉末，济水改道，是由于“王莽之世，川渎枯竭”，才造成济水“津渠势改，寻梁脉水不与昔同”的后果。这个记载如果正确的话，说明古代济水源泉可能发生过急剧的变化。现如今，黄河以北部分济水已名不复存，其古老的河道已被曾是其支流的蟒河所取代。

黄河以南部分的变迁相对缓慢，细加分析的话，可以追溯到金、元时期。据《汉书·地理志》《水经注》等记载，济水的大致走向是：由今荥阳市北（今邙山一带）分黄河东出，流经今原阳县南、封丘县北，至山东定陶县西，折东北注入巨野泽，又自泽北经梁山县东，至东阿旧制西，自此以下至济南市北泺口（略同今黄河河道），自泺口以下至海（略同今小清河河道）。晋以后，又有所谓别济。至《水经注》时代，自今荥阳市东北以下至巨野泽有南济、北济之分。北济，经今封丘县北、菏泽市南；南济，经封丘县南、定陶县北。出巨野泽后，汇入汶水，自此以下又称清水。隋代开挖通济渠后，巨野泽以上逐渐湮没，以下亦称清水，但济水之名并未废弃。唐宋时期，曾在今开封市先后导汴水或金水河水入南济故道以通漕运，称为湛渠或五丈河，其后也逐渐湮废。金、元后，自汶口至泺口已成以汶水为源的大清河（又称北清河，泺口以下大清河在古济水之北）；自泺口以下成为以泺水为源的小清河。至此，济水有名无实，不复存在。

分析黄河以南部分济水的变迁乃至消失，人为因素及黄河洪水、泥沙的共同作用至关重要。人为因素，就是世人为满足航运和农业灌溉的需要，不断地开挖人工漕渠，从而打破了维持自然水系存在和发展的平衡，我们知道，对于一条河流来说，水源充足、河床稳定是其存在的前提和基础。就济水来说，早期除靠黄河少量的分水外，主要是其所连接的几大湖泊和支流供水。大约在魏晋以后，黄河分水已成为其重要水源。黄河，是一条多泥沙河流，多引水，势必就会多引沙。人工渠道，可以通过疏浚或新开渠道来解决。这从汴渠在唐宋以前的发展变化不难看出，济水作为天然河流，就很难做到这一点。黄河泥沙的淤积，只能加快河道的萎缩，直至湮没。长期以来，汴渠和济水共有一个水源，即黄河的分水（黄河水溢而成的荥泽）。为了满足漕渠的航运需要，首先要解决枯水季节的用水不足问题。扩大或增添新的引黄口门，也就成了自然而然的事。但随之也带来了另外一个问题，那就是汛期如何控制黄河分水的问题。管理或技术措施不当，都可能造成洪水的漫溢。大量的黄河洪水、泥沙在进入汴渠的同时，也会更多地涌入济水；水沙俱下的结果，是渠道淤积，河床萎缩。如汴渠最早被称之为浪荡渠。有关历史文献认为，所谓“浪荡”，就是因黄河泥沙的淤积而使渠道游移不定。而汴渠和济水曾共为源头的荥泽，也在浪荡渠开挖的数百年后于西汉元始四年（4）被黄河分水挟带的泥沙淤为平地了。济水的重要调节湖泊巨野泽，在北宋时期还相当壮阔，方圆达数百里，但在金、元以后受黄河决溢、改道的影响，也逐渐消失了。另外，人工漕渠还使原来相对封闭的水系成为一个开放性的水网。济水的水资源本来就十分有限，在湖泊满足不了的情况下增加黄河分水也就成了它唯一可选择的渠道。如上所述，自然也就会进一步加快河床的萎缩。如隋开凿通济渠后，济水水系受通济渠的影响，巨野泽以上河道逐渐萎缩直至湮废。

至于黄河洪水泛滥对济水的影响则是致命的。唐宋以前，黄河下游河道偏北，加之决溢、改道偏下，对济水的影响并不十分直接。有影响的话，也主要是通过济水的分黄口而造成的。但王景治河前，由于黄河在今邙山一带南侵，致使济、汴引黄口门失毁，济、河、汴乱流曾长达60余年。金、元以后，黄河进一步南侵，决溢、改道也上提至今郑州、原阳一带，最后维持济水命脉的巨野泽也因此而湮没了。

沁河古今堤防

沁河是黄河中游最下端的一条支流，于郑州桃花峪对岸汇入黄河，在黄河流域面积逾万平方公里的14条支流中占其一。沁河发源于太行太岳山南麓的二郎神沟，流域面积1.35万平方公里，河道长485公里，自五龙口出山后的下游90公里河段为防洪河段。

从洪水总量、流域面积、河道长度来说，沁河均小于渭河、汾河和伊洛河，但它却是从明清时期开始就纳入了国家建设与管理的河流。由于沁河历史上决口、漫溢频繁，给下游造成了巨大灾难，故有“小黄河”之称。目前，沁河仍是在黄河众多支流中唯一由黄河水利委员会统一规划治理的一条河流。与黄河一样，沁河下游防洪靠的是两岸堤防。大家的共识是黄河堤防始于春秋战国时期，那沁河堤防始于何时呢？

沁河原是条地下河

宋代以前，沁河是一条地下河是毋庸置疑的。据《水经注》载：（沁）水出五龙口进入平原后，分别有朱沟水、小沁水、台亭水、北涧水、邘水、丹水、界沟水、光沟水、长明沟水等汇入。在今沁阳城以下，有多个陂湖。如在沁阳城东南入于沁河的朱沟水，就“东南注于湖，湖水又纳沙沟水。水分朱沟南派，东南经安昌城西，又经殷城南，东南流入于陂”。今博爱县东南的白马湖，上承光沟水，经白马河流入沁河；在沁河最下端的武德县（今武陟县）南，“水积于陂，接通数湖”，“陂水又直荥阳县北，东南流入于河”。如此看来，本来就比较清澈的沁水，出山后经过数个陂湖沉积，自然是一派清流入于河了。

古时清澈的沁水，必缘于良好的自然植被。史念海先生在《黄河流域诸河流的演变与治理》一书中，对黄河流域的森林覆盖情况有详细描述，他把黄河中游的森林渊源上溯到新石器时代，有的地方上溯到旧石器时代。《山海经·北次二经》曰：“谒戾之山，其上多松、柏，有金、玉。沁水出焉，南流注于河。其东有林焉，名曰丹林。丹林之水出焉，南流注于河。”谒戾山是太岳山的一个支峰，丹河是沁河的一条主要支流，这说明在沁河、丹河流域，以多松柏而著名。

随着人口增加、农业的发展，森林逐步减少。到了战国时期，沁河流域属于魏国。王屋、析城及太行诸山之阳的沁阳盆地是农业发展最早的地区，农田开垦便是较为普遍的事情了。《汉书·食货志》说：“李悝为魏文侯作尽地力之教，规划土地利用，只除去山地、泽薮和居民点，其他土地都要使之成为农田。”

到秦汉魏晋南北朝时期，河内地区的平原地带就基本没有森林了。但在沁河下游，植被依然良好。《水经注》中郦道元这样描述：“沁水东经野王（今沁阳）县故城北。水北有华岳庙。庙侧有攒柏数百，对郭临川，负冈荫诸，青青弥望，奇可玩也。”负冈荫诸、青青弥望的景色，是不是别有风味呢？秦汉时期，河东、河内和伊洛下游的河南并称三河。三河之地有个共同的特点，就是土地狭小，人口众多，是全国有名的富庶之地。由于生产力的提高，采伐强度不断加大，唐宋时代的林地普遍受到比较严重的破坏。太行山南的沁阳盆地，尽管林木区在继续缩小，但竹林依然到处都是。《全唐文》中宋之问的《为皇甫怀州让官表》载：“山阳大郡，河内名区，桑竹映淇水之西。”这里桑与竹并提。桑虽只供养蚕之用，似不能和竹一样，却有相当大的种植面积。无论是居家宅畔，还是山麓、水滨都有种植。《温国文正司马公集》卷一中《寄题傅钦之济源别业》载：“县郭遥相望，幽篁百余亩。林间清济水，门外太行车。”清道光《河内县志》引《南怀州河内县北村创修汤王庙记》载：“河内之北有村曰许良港，地尽膏腴……筑于水竹之间，远眺遥岑，增明滴翠。”此碑文为金时所作。金太宗天会六年（1128）以所得宋的怀州为南怀州。碑文称南怀州即由于此。碑文虽作于金初，所言实为北宋末年事。唐代在河内设司竹监，宋代置竹园，专门负责竹桑种植。王屋山也多森林，特别是天坛附近更多松树。太行山下的盘谷也以草木丛茂而著名。时至今日，沁河、丹河河畔的博爱县依然有1.2万亩竹林，栽培品种达90多个。

沁河的基本径流源自山涧的众多山泉。良好的植被一是减少了水土流失，二是在降雨时延缓了汇流时间。这就是沁河在北宋以前一直是地下河的根本原因所在。先民们逐水草而居，沁河沿岸自然是最优选择。沁河进入下游冲积平原后，黄河始终是它的归宿。在五龙口至入黄口90多公里区间内，沁河河道一直“墨守成规”，仅在平面上有小幅摆动。沁河流经的几个节点足以佐证这个结论。

徐堡古城遗址：该遗址是目前为止考古发现沁河的最早流经地，位于温县武德镇徐堡村与善台村之间，相应今沁河右堤桩号38 ~ 39公里处。2006年，在配合南水北调中线工程进行文物勘探时发现该遗址。徐堡古城使用年代为龙山文化中期至西周，发现有包括龙山、两周、汉代、唐宋、明清等各个时期的遗存，最重要的发现是一座龙山时代中晚期的夯土城址。城址平面呈圆角长方形，南城墙保存完好，长约500米，西城墙残长400米，东城墙残长200米，北城墙被沁河冲毁，现压于河床之下。在城址中部有一处堆筑台地，平面呈不规则长方形，东西长900米，南北宽70米，面积6000多平方米，可能是城址中一处重要部位。城址的发现，从时间和空间上填补了豫西北、晋东南地区没有龙山文化的空白，丰富了河南地区的城市发展史，是我国进入21世纪考古事业的一个重大发现。它表明豫西北地区在距今4500年前后，已从普通聚落进入以邦国为代表的文明时代。2013年5月，徐堡古城被国务院公布为第七批全国重点文物保护单位。

邘国故城遗址：该遗址位于沁河左岸的沁阳市西万镇邘邰村东南，始筑于商代。《水经注》曰：（沁水）“又过野王县北。沁水又东，邘水注之。水出太行之阜山，即五行之异名也。其水南流经邘城西，故邘国也。城南有邘台。”商帝辛十八年（前1056），周武王次子邘叔于此立邘国，故城分东西两城。东城东西长820米，南北宽580米，地表现存北城墙及东城墙一段，残高2～7米，宽17～22米，北城墙外仍存有宽40米的城壕。城内现为耕地，地下文化层及遗迹未经扰动，保存较好。西城位于东城西北，原有四城门，南门额为“古邘城”，大致呈抹角方形，城外有城壕。邘城东100余米的龙门河（《水经注》所说的邘水）西岸有一条南北长2.5千米的防洪堤，是为防御龙门河洪水对邘城的危害而修筑的人工堤防。

州城遗址：该遗址位于温县武德镇西张计村，相应沁河右堤桩号45～46公里处。遗址北临沁河，是春秋时期晋国城邑。城址平面呈长方形，南北长约1700米，东西宽1400米，现城墙基本无存，仅东城墙和东南城墙保留有部分残垣，高10米余，系用黄土分层夯筑而成。城东北原有一高土台，南北长135米，东西宽50米，高2米，为盟誓台，现已夷为平地。1980—1982年，河南省文物研究所对州城遗址进行发掘，在盟誓台基址下，清理出30多具羊骨架，出土古圭和石简“盟书”1万余件。圭片上墨书盟誓系毛笔书写，一部分记载着晋定公十五年十二月二十七日（公元前497年1月16日）韩简子与其他人盟誓的情况。这批盟书被考古界称之为“温县盟书”。

类似的遗址还有不少，这些遗址要比《水经注》记述的沁水河道早1000～2000年。至于《水经注》记述的小沁城、野王城、中都城、沁阳城、安昌城、隰城等，今仍坐落在沁河两岸，仅仅是名称有所变化而已。

进入21世纪后，在位于沁河右堤桩号32公里附近的沁河河滩内，发现了尚香聚落遗址及墓葬群。其东西长1500米，南北宽145米，面积约21.75万平方米，是一处分布面积较大的汉代聚落遗址和墓葬群。遗址和墓葬区发现有大量汉砖、筒瓦、板瓦等建筑材料构件和陶瓮、陶盆、陶碗、陶壶等日常生活用具，古墓内出土有陶壶、陶豆、铁钉、陶灶、空心砖、小砖等，是研究本地区汉代社会状况、文化面貌、葬制葬俗的宝贵实物资料。

2019年，在武陟石荆桥上游约2公里处的沁河主河槽内突然出现了一个2～3米高的瀑布。一时间，引来无数游客前来参观。在平原河道内惊现一个“小壶口”，瀑布处水深有4～5米，形成数百米长的窄深河槽。人们在惊叹之余，不免发出种种疑问：这到底是怎么回事呢？据考古部门介绍，形成这种现象的原因可能是汉代时的墓葬群，也可能是汉时的先民在此烧制陶器留下的陶窑，抑或两者兼有。在小瀑布附近，就有 6 个与“陶”有关的行政村落，如陶村、西陶村、东陶村等。

沁河小瀑布

无论是偏上游的尚香聚落遗址及墓葬群，还是偏下游的河道内小瀑布处，均出土有汉代的遗物。这说明当时沁河没有堤防，人们临河而居，临河而葬。按照当地人的习俗，是绝不会把墓葬或陶窑建在河滩之中的。

筑围村堰防御洪水

据有关资料统计，上古时期，河南的森林覆盖率是 63%，南北朝时降为 25% ~ 33%，唐代降到 20%，北宋末只剩约 14.2%。南宋时，“豪宗大姓相继跌出，广包强占，无岁无之，陂湖之利，日朘月削，已亡几何，而所在围田则遍满矣”。黄河中下游的分洪能力日渐脆弱。

明清时代是黄河中游森林受到摧毁性破坏的时代。严格地说，这种摧毁性破坏是从明代中叶开始的。《古今图书集成·职方典》记载：晋东南沁河流域沁源县东北五十里的青果山，松柏苍翠如画；沁水县东九十里的榼山，“万木参云，千松翳日”；阳城县东三十五里的可乐山，“松石之胜，他山无比”；县南四十里的桑林河，“此地听桑林，故名”。在这些县的低山上，仍有不少松柏林木。直至清代，有森林的峰峦在阳城、沁水仍有分布，郁郁葱葱，相当茂密。

王屋山济水源头的十万竿绿竹，天坛峰顶的数万株古柏，亦见当地森林的概况。济水源头别的树木也颇繁茂，与绿竹相间，和山上的森林相映，不过后来也难以保持全貌。这里的树种以松、柏及竹类为多，有些地方还多槲树。王屋之东的析城山亦多竹，山下一些幽谷也间产竹类。太行山南北两侧今沁阳、晋城诸县境内的支阜余脉森林更为繁茂。黄河中游的支流以汾河、渭河、洛河、沁河为最大。沁河在隋代时还是相当清澈的。隋炀帝开凿永济渠，就是为了引沁水东北流以补充永济渠水量之不足。据《古今图书集成·山川典》之《沁水部汇考》记载，明代初年，河南左布政使徐贲奉命至晋冀廉访，当其过沁河时，曾写下“不意山坞间，偶得见清泚”的诗句，可见当时的沁河还是清澈的。但到了明代中叶以后，沁河竟与黄河一样，含有大量泥沙。《天下郡国利病书》引《卫辉府志》载，一次沁河决口，突入卫河，一直冲到临清附近的运河，甚至将运河也淤塞了一段。卫河本来是清的，运河淤塞完全是沁河挟带的大量泥沙引起的。那次沁河决口距徐贲的赋诗仅仅相隔100多年时间，沁河竟有这样大的变化，自不能从岩石、土壤方面追寻缘由。到了明代，河南省内森林覆盖率降到6.3%，“嵩、少之间，平麓上至绝顶，樵伐无遗”。沁河流域的森林已经所剩无几了。

谭其骧先生认为：河患古少今多，由于河床里泥沙量和洪水量却古少今多，不是自然的变化，而是人为的因素。原因有4种：森林的破坏、草原的破坏、沟洫的破坏、湖泊和支津的淤塞。

人与自然若不能和谐相处，大自然便会反过来惩罚人类。据史料统计，从237年至1948年的1712年中，沁河共有117年决溢293次。其中，明代

济水之源碑

前，仅有8年决溢计30次。明代以前决溢记载次数少，说明沁河为地下河，堤防尚未形成，灾害也不太严重。

金、元统治中原时期，政权更迭，战乱频发，黄沁河自然不会安宁。河内之地南濒黄河，北依太行，沁河经其中，河患频发。《水浒传》所述北宋时关押武松的孟州府城这时已圮于黄河之中，不得不迁移至今天的孟州市区。今孟州是历经40年折腾后，于元世祖中统五年（1264）才完成迁建于此的。古温县城的命运与古孟州城如出一辙。

沁河的漫溢泛滥这时也成为常态，于是便有了《金史·王兢传》所载的：金天眷年间（1138—1140）王兢任河内令时，“沁水泛滥，岁发民筑堤”。《金史·河渠志》说：“雄武、荥泽、原武、阳武、延津五埽则兼汴河事，设黄汴都巡河官一员于河阴以莅之。怀州、孟津、孟州及城北之四埽，则兼沁河水事，设黄沁都巡河官于怀州以临之。”汴是黄河的支津，沁是黄河的支流，均与黄河干流密切相关，所以汴与沁两流域的官员也得兼管河防事务。

这段话可以作为金时沁河就已经纳入国家管理的例证。

“发民筑堤”只是金当局为了保护河内县城所筑几里长的堤防，这便是“古阳堤”的雏形。在武陟县老城附近也有一段历史上所谓的“官堤”。那么老百姓是如何抗御洪水呢？在“村干部”或士绅的带领下，沿河各村寨逐步打起了“围村堰”，也就是当地百姓所说的“小堤”来抗御洪水。类似的小堤直至今日在沁南地区仍有部分残存可见。

沁河是沿河百姓赖以生存的母亲河，温顺时它如小鸟依人，大多数时间都忠诚地为人类提供服务，造福百姓；发怒时它浊浪排空，为害一方，不止一次对沿河实施过粗暴掠夺。清代大学者张敦仁写过一首《沁河涨》的诗篇，生动地记叙了当年沁河上游发洪水给人民造成的灾害：“去秋不雨至今夏，村村走祈烦神巫。晨来方欣田野渥，又复遭此河伯屠。高田忧旱下忧水，嗷嗷几口谁为哺。”元代杰出政治家、教育家、天文学家许衡在返乡省亲时，看到泛滥的沁河下游洪水，也写下：“沁河添新涨，陂湖没旧痕。人迷堤口路，船上树头村。”失去了陂湖调节的沁水，肆虐泛滥，天地间一片苍茫，百姓流离失所，无家可归。

随着沁河河床的淤积，漫溢日频，围村堰自然无法满足需求了。于是，人们便自发地把各村的围村堰连接起来，形成屏障以共同抗御洪水，这便形成了堤防。这种做法当然不是政府号召下的统一行动，而是村与村之间的协商结果。沁河堤防经历了漫长的阶段，直至清代中期才逐步完成。这正是沁河“堤无三里直”的最好诠释，村庄越稠密，堤防的弯道越多，当今仍如此。

沁河堤防起于金元，建于明，成于清

唐宋时期，鲜有沁河灾害的记载。一是下游有几个陂湖调节，灾害不多；二是人口稀少，引不起朝廷的重视。

金元时期，对于森林、河流的记载也很少。尽管史料记载明代对森林的破坏严重，造成了大量水土流失，也有了沁河为害下游的记载。但正如人们常说的，“冰冻三尺，非一日之寒”，沁河下游几个陂湖的湮灭，也绝非进入明代才开始，同样要经历漫长的历史过程。

元末战乱，使得人口数量大幅度下降。在沁河下游的怀庆平川，目前仍流传着明军“三洗怀庆”的故事。怀庆处在兵火灾祸中心，沁河两岸百姓或死或逃，十不存一。中原大地成为“有田无人耕，有路无人行”的赤地荒野。资料显示，随着动乱的结束，至明洪武二十五年（1392），全国有6500万人，北部5省（北平、山西、山东、河南、陕西）仅1755万人。其中，山西379万人，河南全省仅282万人。

为了使人民得到休养生息，尽快增加国家的赋税收入，明代经历了从洪武至永乐三代才完成的大移民。时至今日，怀庆一带仍流传着许多“洪洞县大移民”的故事。明朝一开始就很重视屯田。《天下郡国利病书》说：“天下兵卫临近闲广之地，皆分亩为屯。”当时主要是充分利用金元以来由于人口稀少而长期荒芜的农田，当然也开垦了相当数量的生荒地。屯田数目的多寡因时不同，也因地而异。至明中叶，全国人口已超过1亿，有学者认为，明代人口最多时达到1.5亿左右。人口的急剧增加，以农耕为主的土地开发利用，无疑会挤占林木用地，这样便落入了恶性循环中：人口增加—粮食不足—入山垦田—破坏环境—灾害加剧—粮食更不足。水土流失日趋严重就毋庸置疑了。

明朝建立后，沁河逐步进入了国家视野。明洪武九年（1376），“诏修黄、沁、漳、卫等河堤”。永乐二年（1404）九月，“修武陟马曲堤岸”，永乐十二年（1414），“修郭村、马曲土堤五百余丈”。宣德年间（1426—1435），沁水再决马曲湾，从获嘉到新乡水深成河。道光年间《武陟县志》载：“宣德八年，沁水溢，明年筑马曲湾堤，从新乡县知县许宣所请，令怀庆府督工，坚筑马曲堤岸。”万历十五年（1587），沁河在木栾店莲花池、金圪垱决口，新乡、获嘉尽被淹没。万历十六年（1588），总河潘季驯请筑沁河石堤，他在《申明河南修守疏》中说：“查得沁河发源于沁州绵山，穿太行达济源，至武陟而与黄河合，其湍急之势不下黄河，两河交并，其势益甚，而武陟县之莲花池、金圪垱，其最冲射要害之处也！去岁沁从此决，新乡、获嘉一带俱为鱼鳖，今幸堵塞，筑有埽坝矣！但系浮沙，恐难久持，且坝内有商民辏集之处，烟爨不下千余，以堤为命，关系不小。查得最险之处，仅四百余丈，甃之以石，方为可久。……此堤一成，百年永赖矣！”

《武陟县志》载：“……沁性善徙，往由詹家店入河，去县四十余里。明万历十五年，水大涨，自南贾直入于河。”现在沁河入黄处在黄河中下游的分界部位，这里被称为“华北轴，悬河头”，始于明万历十五年（1587），400多年来未再变迁。

到清康熙时代，社会逐步稳定，康熙四十二年（1703），沁阳以下堤防全部贯通。清代名臣、治河专家张鹏翮曾任河道总督，在修河南堤工时指出：河内沁河南岸，西自伏背村起至回龙庙止，计长20里，为民堤，自回龙庙到张庄长6里，为官堤，西起张庄东至武陟交界张计村止，计长40里，又为民堤。沁河北岸西自留村，东到张茹村，计长40里为民堤。武陟县沁河南岸，西自张计，东至方陵，计长75里，为民堤。至此，沁河右堤已与黄河左堤相接，在沁南形成封闭圈。乾隆二年（1737），白钟山治河时，“将武陟木栾店埽工，改归黄河同知就近兼管”，由官方设立长夫，驻工加以防守。

中华民国时期的右岸堤防起点桩

清代沁河堤防在管理上分官堤与民堤两种类型。何谓官堤？《怀庆府志》记载，“河内堤防皆沿堤村民修筑，唯南岸堤内古阳堤六里，镶筑埽工，遇险则全县公修，官保房三座，保夫十名看守，修填堤顶”，说明全县公修堤段的为官堤。民堤则由民修民守或官督绅办，遇大险或大工，需借官款兴修，事后仍推征于民，5年或10年还清。

到了中华民国时期，沁河堤防一度为“民修民守”，民国八年

（1919）划归河南黄河河务局统一管理。至今，在济源段沁河右堤 –2+230 公里处的临河堤脚，依然立着当年河南黄河河务局的石质管理界桩。界桩为四面体，四面分别镌刻着：“中华民国二十五年春立、沁河南岸、距沁河口七十七公里、河南黄河河务局”的字样。1982 年前，济源境内左岸仅有 1.87 公里、右岸仅有约 0.2 公里堤防。

在中华民国短短的 37 年间，沁河有 19 年决溢计 48 次。1947 年洪水暴发，将武陟大樊段堤防冲决，洪水循东北方向经武陟、修武、获嘉、辉县、新乡等县境，挟丹河夺卫河入北运河，泛区面积超 400 平方公里，受灾民众达 20 余万人。国民党军队利用这股泛水作为新乡的外围防御，始终不予堵复。沁河流域获得解放后，以 1949 年 1 月“大樊堵口”为标志的古老沁河，迎来了她的新时代。人民政府首先堵复了决口，随即在沁阳、博爱、武陟等县设立了黄沁河修防管理单位。70 多年过去了，沁河岁岁安澜，再无决溢之虞。

人民治黄以来，沁河历经了 3 次大复堤。防洪标准也由新中国成立初期第一次大复堤（1950—1953）后的 2500 立方米每秒提升至 4000 立方米每秒。沁河两岸堤距一般为 800 ～ 1200 米，但在武陟县城附近堤距急剧缩窄到只有 330 米，又来了一个近乎 90 度的大转弯，在转弯处还有一座双曲拱大桥横跨其上，壅水严重。为解决这一影响防洪安全的问题，1981 年春，沁河杨庄改道工程启动，将老城、东关等几个自然村搬迁后作为新河道，在杨庄村处新筑右堤长 2417 米；利用老右堤一段上下延长，将原河道封闭起来作为新左堤，使原河道由原来的 330 米扩宽至 800 米，废弃原左堤，新修左堤长 3195 米。1982 年汛前，新左堤、右堤如期提前完成了土石方工程。巧的是，1982 年 8 月 2 日，沁河武陟站就发生了 4130 立方米每秒的超标准洪水。在右堤桩号 61 千米附近，洪水位超堤顶 21 厘米。由于及时抢修子埝，才避免了使用沁南滞洪区。洪水过后，沁南百姓无不夸赞共产党神机妙算，决策英明。1982 年的大洪水，也使济源市的部分临河村庄受灾。于是，1982 年汛后开始修筑济源段右堤，从桩号 –0+230 始至 –10+596 五龙口沁水出山处止，新修堤防长度 10.366 公里（济源段从下至上桩号“–”排序是为了档案管理的需要）。至此，沁河下游堤防建设全部完成。

目前，沁河右堤自五龙口起，经济源、沁阳、温县，在武陟县的方陵村与黄河左堤衔接，全长 85.34 公里；沁河左堤自济源逯村起，经沁阳、博爱，在武陟县的白马泉与黄河左堤衔接，全长 76.29 公里。左岸堤防有龙泉、阳华两个自然缺口，群众称之为“龙眼”，起排泄山洪和沁河大水时自然分洪双重作用。

风掩沙埋永济渠

永济渠是继隋炀帝开通济渠、邗沟之后，开凿的又一重要运河。永济渠是隋朝调运河北地区（指当时黄河以北、太行山以东的河北道）粮食的主要渠道，也是对北方用兵时，输送人员与战备物资的运输线。然而，斗转星移，沧海桑田，“百舸争流，千帆竞渡”的情景已成过往，隋炀帝发兵高丽所留下来的踪迹，也早已消失于漫长岁月中，以致被风云际会的历史大潮湮没无痕。

据史料记载，隋大业四年（608）正月，隋炀帝“诏发河北诸郡男女百余万开永济渠，引沁水，南达于河，北通涿郡（今北京城区西南隅）”。这表明隋炀帝当年开凿大运河时，沁河是永济渠的源头。明代周梦旸编撰的《水部备考》中的记载也印证了这一史实：“沁水一支，自武陟小原村东北，由红荆口（今获嘉红荆嘴）经卫辉府，凡六十里，入卫河。昔隋炀帝引沁水北通涿郡，盖即此地也。”武陟小原村现存明代石碑也明确记载了隋代在当地建闸的情况。值得注意的是，沁河下游在隋代是地下河，沁河下游堤防是金代以后逐步修筑起来的。

隋代沁水的流路，在今武陟县城以上大体同现流路，在今武陟县城南折东再转东南注入黄河。北魏郦道元撰《水经注》记载为：“……又东，过武德县（大城村）南，并于县南水积为陂（大坑），通结数湖（陂和湖约在今水寨一带）……又东南，至荥阳县北，东入于河。”由此不难想见，隋代沁河入黄口一带由黄河、沁河冲泄成多处大的坑塘，是难以通行大型船舶的。所谓“南达于河”，应当是对沁水河道加以疏浚。

开永济渠的关键工程是在沁水左岸开渠，引沁水东北流汇清水至今浚县西入白沟。这是永济渠的南段，是当时新开凿的渠道。

白沟是曹魏旧渠建安九年（204），曹操北征袁尚时“遏淇水入白沟，以通粮道”。曹魏修治后白沟水量增加，连同与它接连的清河，成为河北水运干线。永济渠以曹魏旧渠为基础，将渠道拓展成为大渠，至今天津市境与沽河汇合，这是永济渠的中段。从今天津市至古涿郡为永济渠的北段，系改造古潞河、桑干水两条自然河道的下游而成。

永济渠全长1000多公里，由阎毗负责督建，男丁不足，妇女也被迫服役，从开工到建成仅用了不到一年的时间。永济渠的宽度虽然不及通济渠，但运输能力很强，并可航行庞大的龙舟。

隋大业七年（611），隋炀帝发兵高丽时，除亲自乘龙舟通过永济渠外，还曾“发淮以南民夫及船运黎阳及洛口诸仓米至涿郡，舳舻相次千余里，载兵甲及攻取之具，往还在道常数十万人”。当时江淮以南的役夫和船只以及漕运、兵甲、武器、兵士等都是通过永济渠运往涿郡的。船只相延近千里，往返运输数十万人次，其规模是相当可观的。

然而，永济渠“南达于河，北通涿郡”的全线贯通，可能只限于渠成之初不到10年的时间。由于沁水多沙易淤积，而清水又流量有限，因此永济渠南段的漕运价值并不高。唐代的时候，便放弃了永济渠的南段，改借丹水、清水、淇水济漕，永济渠的起点也由此被定位在汲县（今卫辉市）一带。北宋时，称永济渠为御河，金代仍利用这条运河。元代开京杭运河，御河（永济渠）的德州至天津段，成为京杭大运河中南运河的一段。御河明代时主要水源依靠百泉，其流经的地方又多在春秋时的卫国，所以改称卫河，系天然河流。

但隋代以后的沁水并没有和永济渠断绝关系。武陟地势高于新乡，每遇沁水决溢，很自然就会向新乡漫流，汇入御（卫）河。有时沁水的决流还可以通航，与黄河、卫河水运相衔接，仿佛隋代永济渠情况。又由于卫河常患胶浅滞运，历代统治者有的对沁水决流主张不予堵塞，有的还建议按决流开渠引沁入卫以利漕，议多不果行。也有见诸实施的，终因“卫小沁大，其势难容，卫清沁浊，其流必淤”而再行筑塞。也正因黄、沁河屡屡冲淤，隋代永济渠的南段才绝难寻到遗迹。

唐代废弃永济渠南段后，其中段的主要水源中，丹水是沁水最大的支流。丹水的支流长明沟亦称小丹河与清水相连，曹操开白沟后起到了增加白沟水量的作用。唐代以后小丹河仍然是永济渠的重要水源，至清康熙年间仍有引丹济卫的详细记载。这条由今博爱县经武陟、修武向东连通卫河的河道后来被称为运粮河，一直到中华人民共和国建立初期仍具有航运价值。

古青风岭今何在

在太行山与邙山不足百里的怀川平原间，古时流淌着黄河、济水、沁河三条大的河流。古人称谓的江、河、淮、济“四渎”，就有河、济两渎拥挤在这条平川。黄河从孟津出山口后，在邙山与青风岭的夹持下继续东行。考《禹贡》导河，东至于底柱，又东至于孟津，东过洛汭，至于大伾……古黄河的“禹河故道”，就是在青风岭的尾端——今武陟方陵折向东北而去。今日的沁河也在这里汇入黄河，此处就是黄河中下游的分界部位。

这道从古至今分隔黄河与济水、沁河的山岭，如今在地图和地名册上均找不到它的踪影，它究竟去哪里了呢？

最早讲述青风岭的，莫过于四大名著之一的《水浒传》了。武松发配孟州府，过黄河后，沿青风岭上的一条官道，一路向西抵达孟州。

清雍正九年（1731）《覃怀志》载：“青风岭，在武陟（老城）南十里，西连温、孟，南望广武，蜿蟺而东，抵于黄、沁之汇流，中多名刹。”这是最早见于史志对青风岭的描述。

目前，武陟县东草亭村依然保留着一段青风岭遗迹，遗迹高出村庄内一般地面三四米，面积有数百平方米，台上有一座始建于隋代的古寺，名曰“吉祥寺”，原名“清风寺”。寺里有碑文记载：“……去（县城）南十里曰清风岗者，纵三百步，横有百里，高数丈，面山朝水，土洁水清，堪可奉寺……”明弘治年间，僧慧明复架后殿五楹，视之前祠，大有雄壮，俱各妆神备，奉命曰“清风寺”。

传说古时的青风岭高出平地许多，南临滔滔黄河，远眺广武巍峨，岭上树木繁茂，寺前大路更是连通东西的交通要道。相传当年武松发配孟州，途经此寺，其时寺被一群恶僧所据，奸淫掳掠，祸害一方。武松闻听，义愤填膺，闯入寺内，将众恶僧一一降伏，用大缸扣住，上面建塔镇压，为百姓除了一害。现在寺中的那棵黄果树（文冠果树），就是武松挂刀之处。《水浒传》里的武松大战恶道飞天蜈蚣，便是由此演绎而来。该寺于2006年被河南省人民政府批准为省级文物保护单位。

由吉祥寺沿黄河大堤驱车西行，抵达太极圣地陈家沟。陈家沟位于温县城东5公里处的青风岭中段，原名常阳村。明洪武年间，山西泽州人陈卜迁至该村，因村中有一条南北走向的深沟，随着陈氏人丁繁衍，该村更名为陈家沟。这是青风岭保存较为完好的地段，高出地面六七米，东西长百余米，南北宽数十米，村里“杨露禅学拳处”等景点均有青风岭的遗痕。

从温县县城向西数公里内，仍有不少村庄沿青风岭坐落，迤逦至孟州的新蟒河入黄口。

《让焦作告诉世界》（地名缘起）按，清康熙乙卯（1675）举人牛自新《怀宫咏古诗》云：

木栾雄镇傍城阿，艺祖当年从此过。
两岸绿杨环沁水，一原芳草蔚黄河。
山涛祠古莺花老，天乙坟荒岁月多。
妙乐塔前聊纵目，青风岭上有悬萝。

清《怀庆府志》《覃怀志》《武陟县志》等对青风岭均有详细介绍，可见直至清代，它对当地仍有着重要影响。

看待今天的黄河，应当融入时间与空间概念。孟津以下的古黄河河床宽度不似今黄河。就右岸而言，从西汉至今，邙山已经被黄河冲掉数百乃至千米以上。有证可考，刘项之争时的著名粮仓“敖仓”，已在现在的河床之中。有关孟津县城的迁移，张含英先生在《视察黄河杂记》中说：“据传孟津古城在今城北二十五里，今城距河南岸约五里，黄河身逐渐南滚，故于嘉靖三年避河迁此，证诸汉陵，亦属可信。陵今已临水，最为危险，断非建陵初意所能料及。”又同治十二年（1873）孟津铁谢寨坍岸三四百丈，逼光武陵，相距仅二十弓（五尺为一弓）。大约孟津以下，如非有连山阻隔，河道或徙南，或徙北，是常见的事。

在黄河冲刷作用下，右岸的邙山尚且如此，与之相比，“身材瘦小”的左岸青风岭就更自不待言了。有史料可查的冲决孟州至武陟间青风岭的记载即达十余次之多。

锁水阁（又名文峻阁），位于孟州黄河大堤桩号 4+800 米处的临河堤脚，因镇守黄河而得名。清《孟县志》载：“锁水阁在城东 5 里海头村，文峻阁在城东南 4 里开仪村。”相传二阁均系明崇祯年间建造。位于海头村南的“锁水阁”高 16.2 米，长、宽各 6.2 米。修建“锁水阁”意为锁住黄河水不使为患，却事与愿违，黄河水仍泛滥不断。清乾隆三十年（1765），黄河又在孟州泛滥，冲毁大量良田房屋，许多百姓流离失所，原本用来镇守黄河水的“锁水阁”也被咆哮的黄河水吞没。

清道光十四年（1834），孟县知县在北开仪村再建“锁水阁”，高 31.6 米，将“锁水阁”和“文峻阁”合二为一，上题“锁水阁”，下题“文峻阁”。但是，仅仅过去 7 年，清道光二十一年（1841），黄河自南开仪村决口，夺蟒河北侵，流经海头、北开仪……桑坡等村，冲塌民屋上百间。这次决口，“锁水阁”成为最先被冲毁的对象，今天，当地仍流传着“两河并一河，先打锁水阁，撤了化工村，桑坡走黄河”的民谣。

现存锁水阁为清同治十一年（1872）重修，为正方体砖石结构，高九丈余，今尚保存完好。

位于青风岭中段的温县城附近，百姓中流传着“南山到北山，只有三里干”的民谣。意喻着一旦发生大洪水，南至邙山，北至太行之间，唯有青风岭高出水面，岭上百姓可得安然。同时，也喻示着青风岭的宽度可达 3 里。

位于青风岭下段的武陟，受黄河之害更甚于温、孟。仅有清一代，见于《武陟县志》叙述黄沁河抢险情形及县令上奏抢险的奏章，就占据着大量篇幅，当时把青风岭抢险称之为“临黄堰”抢险。广为流传的民谣“孤柏嘴着了河，驾部唐郭往外挪（驾部、唐郭为青风岭上的两个村庄）”，诉说着百姓的苦难。

黄河左岸千里堤防，起于孟州青风岭上的中曹坡村，始修于清乾隆二十一年（1756）。在左堤起点0公里纪念碑上，镌刻着黄委会原主任袁隆题写的“黄河左岸堤防起点中曹坡”11个大字。背面碑文介绍了黄河风情、历史概况，颂扬了新中国成立以来人民治黄的巨大成就。孟州黄河堤防长15公里，以下便是新蟒河的入黄口。

新蟒河入黄口以下至温县城东，为无堤防河段，防洪就靠断断续续的青风岭。温县仅有黄河堤防长度1.1公里，与武陟黄河堤防相接，直至武陟方陵与沁河堤防交会。这些堤防均为清代在青风岭的基础上整修而成。最为著名的当为堤防桩号52～57公里的“十里钦堤”了，系由清代钦差大臣督修而成。直至20世纪80年代中期，仍可清晰分辨出在青风岭上加培土方，使之成为现在堤防的痕迹。

历史上的沁河堤防是在围村堰基础上形成的。据《武陟县志》载：“……沁性善迁，往由詹家店入河，后徙由本店西南入河，去县四十余里。明万历十五年，水大涨，自南贾直入于河。”明万历至今，沁河的入黄位置没有改变，沿沁百姓为安全计，将沁河堤防与青风岭尾部相连，便在沁南形成了目前黄沁河堤防相连的封闭圈。

由此便说明，古青风岭的尾端就是今黄沁河堤防交界处，现在武陟、温县、孟州的黄河大堤就是古青风岭了。

古代湿地吴泽陂

历史上，修武县有一个非常出名的地方，因其地理环境独特，加之具有相当高的军事和经济地位，在史籍中不绝于书。这个地方就是著名的吴泽陂。但到了现代，吴泽陂早已从地图上消失，除非极少数专业研究人士，很多人恐怕连这个名字也没有听说过。吴泽陂究竟是一个什么样的地方呢？它又是如何湮没史海而不闻于今呢？

吴泽陂的位置和形成原因

吴泽陂是一个面积广大的沼泽地。西晋太武帝时大臣束皙在一奏疏里说："又如汲郡之吴泽，良田数千顷，泞水停洿，人不垦植。闻其国人，皆谓通泄之功不足为难，舄卤成原，其利甚重。而豪强大族，惜其鱼捕之饶，构说官长，终于不破。"至于它的方位和面积，据《魏土地记》记载："修武城西北二十里，有吴泽陂，南北二十许里，东西三十里。"此书成于三国魏时，当时修武县城在今天的获嘉县宣阳驿，其西北二十里正是今天的修武县城。据此则知，吴泽陂在今天的修武县城以北。又据清道光《修武县志》，吴泽陂"在县北十里，隤城寨西南，浊鹿城南，东过陂桥与获嘉县接"。浊鹿城即今天的五里源乡李固村，陂桥即今天的五里源乡碑桥村。由此推断吴泽陂的大概四至为：南至大沙河，北到李固村，西起隤城寨，东至碑桥村。这仅仅说的是当时县境内的吴泽陂四至，南、北、西四至与《魏土地记》相符，东至碑桥则不符，因为吴泽陂东西长三十里，而隤城寨到陂桥的东西距离不过十余里，所以吴泽陂还应向东扩延二十里左右，已经到了现在辉县和获嘉的境内。

吴泽陂是怎样形成的呢？原来，修武县北靠太行山脉，南接黄河流域。这里地处太行山脉南端，标高约 500 米的山麓面自西北向东南方缓缓倾斜，沿山麓一带多有泉源出露，自山脉发源向南流的小河川也为数不少。据《水经注》记载："山阳县（县城在今天的焦作市墙南一带）有陆真阜（今天的九里山），南有皇母、马鸣二泉，东南合注于吴陂。次陆真阜之东北得覆釜堆（今天的古汉山），堆南有三泉相去四五里，参差合次，南注于陂。"《魏土地记》云："（吴泽陂）西则界沟水、蔡沟水、苟泉水入焉。"界沟水、蔡沟水无考，苟泉水东流注陂，在唐代被开挖为新河。这些泉源、河流或东流，或南注，最终在此汇聚，遂形成了面积达 150 平方公里左右的巨大沼泽地带。也有一种说法认为，这里是上古时期黄河故道的遗存，黄河在太行山和青风岭—郇封岭之间滚来滚去，大禹治水，凿断了郇封岭，把黄河引到了南边，但是这片湿地却留存了下来，加上这里太行泉水出露，吴泽陂才得以最终形成。

吴泽陂的军事地位

唐代初年，这里发展成为军事重镇，驻有两个折冲府，即吴泽府和大陆府。唐初实行府兵制度，府兵的基层组织泛称军府。武德七年（624），改军府名称为统军府；贞观十年（636），改统军府为折冲府。折冲府分上、中、下三等，上府 1200 人（有时增至 1500 人），中府 1000 人，下府 800 人，所属的兵士通称卫士。每府置折冲都尉一人，左右果毅都尉各一人，别将、长史、兵曹参军各一人。清道光《修武县志》收录的麟德元年（664）修武县周流村《西明寺佛像塔记碑》中，有两名供养人在吴泽府和大陆府任职，其中周仁悊任大陆、吴泽二府校尉，周行密任大陆府队正（50 人为队）。可见，唐初即在这里设置了折冲府。

唐代中期以后，吴泽府演变成为地方割据势力——巡镇。清道光《修武县志·秩官考》："何宗寿：检校国子祭酒兼御史大夫，充东北面巡检都指挥诸寨，兼充吴泽镇遏使。"唐代自安史之乱后，藩镇林立，这些藩镇为了掌控所辖地区，竞相将辖下的军兵驻屯于领内诸州县治及关津险要地区，授所属的心腹将校为镇将，统领其地，作为割据的资源。镇将也被称为镇使、镇遏使、镇遏兵马使、镇遏都知兵马使等；镇也称为外镇、巡镇等。僖宗以后，藩镇多分置镇将于诸县，将其统治权直接深入地方，使县令的职权进一步受到削弱，镇将的地位甚至在县令之上。镇将的职权不断扩大，到五代，镇将除拥有兵权外，还有捕盗、狱讼以及税役催征等权力。

吴泽镇的经济地位

《春秋左氏传·定公元年》："魏献子属役于韩简子及原寿过，而田于大陆焚焉。"杜注《禹贡》："大陆在巨鹿北，嫌绝远，疑此田在汲郡吴泽荒芜之地，火田并见烧也。"魏献子是春秋晋国的执政，他带人到吴泽陂焚林开田，这是史册中对吴泽陂进行农业开发的最早记载。西晋时，朝廷一度准备对吴泽陂一带进行大规模的水利开发。束皙在当时的奏折上说，在这块被称为"吴泽"的湖泽周边，只要建造一些比较简单的排水工事，就可以造就数千顷肥沃的良田。但在当时，当地的贵族势力大量占有土地，加之他们担心此举将使湖泽的经济效益减少，因此向地方长官施加压力，结果扩大耕地的计划未能实现。唐代以后，这项工程才真正有所进展。其后，吴泽陂的排水造地工程不断推进，沼泽地渐次耕地化。其间，人工开挖的排涝河流有蒋河（排蒋村泉、马坊泉、龙母泉入小丹河）、龙拱河（排巧妇泉、鸣鸟泉、浊鹿泉入新河）、龙拱支河（自县北西板桥起，分泄龙拱河水入新河）、马道河（排皇母泉、石棚泉、马鸣泉、高河泉、杨河泉、大朴泉入新河）、涝河（自县北烈杠营起，上分小朴泉渠水，到大堤屯入新河）。经过千余年的开发，这里蟹舍渔庄，藕池稻田，相连数十里。吴泽陂的核心区域五里源一带还被誉为"豫北小江南"，可见其水源之多、农业之发达。

历史上吴泽陂不仅农业发达，商业也很繁荣。唐末五代时期镇遏使不但掌管捕贼、狱讼、军事，还参与各种商税甚至赋税的征收。因此，吴泽镇作为镇遏使的治所，不仅是军事、治安上的据点，而且是当地商贸经济的中心。至北宋时期，吴泽陂的西北山区当阳峪是一个拥有400余家陶窑的大规模聚落，而吴泽镇就成为这些从山区出产的陶瓷器的理想集散地。吴泽镇之名历代延续，至民国时曾改镇为乡。

吴泽陂的消失

农业的开发，导致这片巨大湖泽逐渐耕地化，吴泽陂已经名不符实，这是其消失的主要原因。明清两代，这里有的只是一派富饶的水乡风光，号称“豫北小江南”。民国二十年（1931）制五万分之一《修武县地图》上已经完全看不出沼泽的存在。不过，在该地图上不仅仍可确认《水经注》所说诸泉，而且根据地形的高低、泉流和小河川的走向等，可以很容易地判读过去的沼泽地痕迹。

清代时，本县秀才杨双李曾根据《水经注》的记载进行实地勘查，确认了诸泉源及其分派，并在乾隆二十四年（1759）作《修武泉源考》，文中提到：“沼河垄亩，至今村民称陂地。”由此可知，在18世纪之时，虽然田土已经迫近以诸泉为水源的小河川沿岸地带，但当地农民仍称原先吴泽陂一带的土地为陂地。杨氏的调查证实了古代吴泽陂的存在，以及吴泽陂一带由于排水造地工程而逐渐耕地化之后仅有地名残留这一事实。

其实，吴泽陂的历史痕迹不仅仅是杨双李所说的“陂地”这样一个地名残留，认真寻找和分析，今天我们仍能列举一二。如今天的五里源乡碑桥村原名陂桥村，其中之陂，也当是指吴泽陂。再如现在的焦作市马村区陆村又名大陆村，该村是唐代初期大陆府的驻所。又据清道光《修武县志》记载，“修武之北二十余里，六真山之东，俯临古城，名曰隤城，号曰吴泽镇”，则知现在的隤城寨就是当时的吴泽镇。

运粮河前世今生

流经修武县的运粮河是隋代开凿的京杭大运河永济渠的一条重要分支。运粮河简称运河，在历史上它还有预河、豫河、小丹河等不同称谓。自明代开始，因以漕运为主，故最终得名为运粮河。

据史料记载，宋元时期运粮河曾名预河。清道光《修武县志》记载："预河即小丹河，旧在县南五里，嘉靖年间改流县北；万历十三年（1585），知县朱政改流县南，附城而东，经获嘉入卫。"又说："今县南五里有预河故道，西自北霍村西，迳纪孟、范桥、后董村、刁村、纸坊，东至巩村铺东，皆有河形，皆在今河之南。巩村铺现有桥有碑，以西虽无所考，而范桥村西有干河岸之名可证也。"这是运粮河最早在县南的河道。巩村铺就是今天的郇封镇十里铺。

至于明代的两次改河道，嘉靖年间的河道"访之父老，旧河自刁村折而东北，经王官庄、赵厂，绕城之北而东，今王官庄之石桥即预河故桥也"；万历十三年，知县朱政改流县南附城而东，经获嘉入卫。改道后的运粮河在县境内全长62里。它西自武陟县宁郭城南至南谢桥进入修武，向东经靳村、组近、高村、常位、孟村、大梁庄、三里屯、江旁庄、官驿、县城南门外，向北折流经东关、京里村，又向东北流经陂桥、常桥，向东流经官司桥、西马厂、东马厂（东西马厂今属获嘉县）出县进入获嘉县境。今天的河道仍为万历年间所改。修武县境内只有县城和郇封镇常桥村尚有万历年间运粮河道遗存。

历史上的运粮河是条水上交通的大动脉。每到春水上涨之际，绿柳沿堤，风景优美，时闻舟人谈笑之声，沿岸城镇商贸兴隆，热闹非凡。常位就是一个重要的码头，这个村子也是由此形成。清代后期，因为煤矿外运的需要，县城东关繁华一时。东关历史上就是驿道进出县城的咽喉，加之西起丹河、东通卫河直达天津的运粮河，经南关、刘桥再折向北，横穿东关村，这里河面宽阔，水流量大，载重万斤以上的木船可并排行驶。两岸地区平坦开阔，是理想的货物集散场所。东关货物集散地的形成起初是由于外运煤炭的需要。修武县自唐代开始的采煤业，至清代已具相当规模。道光年间，仅该县中西部的李河、马村一带就有小煤窑 800 多家。在当时落后的交通条件下，东关码头为煤炭外销外运提供了优越的条件。东关至刘桥一带聚集大小煤行十八九家。仅天泰煤行的煤场，从刘桥东头、运河西岸的火神庙后直至运河北边水闸，方圆达二十余里。车拉人推的大小数百辆运煤车，昼夜不停，络绎于途。每天收煤十余万斤，院内煤炭堆积如山。东关运河百帆竞发，往来如梭。由东关向四面八方辐射的乡村道路密如蛛网，附近各县的农副土特产品云集东关，等待装船外销。而运输煤炭和农副产品的船只，又整船整船地从天津及海河流域沿线运回百货、海外产品来修武销售。各种批发货栈也逐步兴起，其数量、规模、资金、经营额等都仅次于煤炭而与之形成鼎立之势。旅社、酒馆等服务性店铺和各种摊点林立在大街两旁、运河两岸。附近赶来出售时鲜蔬菜、瓜果、农副产品的农民形成每天一集一会，赶集人数近万人。1905 年，英商福公司修通道清铁路后，随着河运的衰退，东关码头附近煤场逐步衰落倒闭，其他行业也随之衰败。红红火火的东关货物集散地就这样渐渐暗淡下去了。

运粮河在清代还有灌溉两岸农田的功能。康熙二十九年（1690），知县张明远奏准，除航运之外予以灌溉。但遇旱上游堵截，遇涝泄洪而下，时有伤稼之患。民国时期，运粮河过水量仍有 4 立方米每秒，两岸人民一般不予灌溉，以航运为主。当时可从博爱、沁阳等地运竹货、粮食和其他物品到新乡进行交易。日军侵占时期，为方便搜刮民财，于 1943 年在博爱县刘村南头的沁河堤修五孔大闸，可引水流量为 14 ~ 15 立方米每秒入运粮河。新中国成立后，在党和人民政府的领导下，对开发和利用运河十分重视。1949

1959 年的运粮河

年和 1951 年多次清挖运河，1951 年治理后还举行了复航仪式。1953 年春，新乡专区在修武成立运河管理局，负责博爱、武陟、修武、获嘉四县的运河治理与灌溉农田工作。起初，沿河两岸部分群众并无浇麦地的习惯，坊间流传“人活一百，没见过浇麦”。为了提高小麦单位面积产量，县委和运河管理局抽调干部组成浇麦实验小组，新乡专署以简报形式向各县专门介绍了修武县陈村引运河水浇麦夺高产的典型经验。引水浇麦很快得到推广。据当时有关资料统计，四个县共可灌溉土地 4 万亩，其中修武县灌溉可达 2 万亩。运粮河还具有排泄两岸洪水的功能，过水断面达 30 立方米每秒。1959 年冬，修武县因搞引黄工程和开发治理大沙河工程，使有千年历史的运粮河失去灌溉与排洪能力。

因为运粮河附城而流，它也曾经是修武县城的护城河。运粮河荒废后，县城沿岸居民开始向河里倾倒生活垃圾。改革开放后，又有企业向内排放污水，运粮河一度成为修武的“龙须沟”，臭不可闻，而且淤塞严重，影响了修武形象和人民生活。自 20 世纪 90 年代末，先后三次对运粮河进行大规模治理，最后一次是 2017 年开始的治理，现已基本结束。今天县城内的运粮河，清水荡波，小桥流韵，新修的官驿码头和滨河公园，成为县城居民休闲锻炼的好去处。

漫话修武大沙河

现在的大沙河是修武县境内的主要河流。但是，在历史上并无沙河。那么沙河是怎么形成的呢？

修武地处太行山麓，是太行山水下泄和地下水出露的承受地带。远古时期，修武北部是太行山，南部是郇封岭，中间就是一片大沼泽。旱季，泉水漫流，因形就势，流哪是哪，基本流向是向南、向东。在这片广袤的区域里，树木丛生，水草遍地，人迹罕至，高处是野兽出没之地，低处则是鱼虾快活之国。如果到了汛期，山洪暴发，百里之内，一片汪洋。据甲骨文记载，殷商时期，这里是商王的狩猎之区。

历史上，修武境内的河流很多，但大多是人工疏导泉源和洪涝成河。真正的自然河，并且有记载的，当是蒋河。蒋河发源于县北二十五里的蒋村泉，向南流，到葛寺后东流。蒋河不大，但历史悠久，人文丰富，近来浙江蒋氏学者蒋继申、蒋大明所著《中华姓氏通史·蒋姓》，则把蒋氏起源上溯到远古母系社会时期，认为蒋氏最早起源于古修武的蒋河流域，在这里居住的原始部落，以水生蒋草所结蒋米为生。这支部落在长期的部落战争中顽强生存下来，到夏代成为万邦中的蕞尔小国，并把赖以为生的蒋作为国名和图腾。商时为商王畿内地的一个小方国。武王灭商，蒋方国也随之亡国，其国民部分臣服周王，部分北逃到山西晋中地区。姬姓蒋国，则是周以后的再次建封。

蒋河之外，大多是人工河。比如小丹水，也就是运粮河，“高都县苑谷，丹水所出”（《汉书·地理志》），也是《水经注》所说的长明沟，原在河内入沁，后改东流入于卫河之尾闾，成为大运河的一个支流。因其以漕运为主，故而又名运粮河。运粮河西自武陟宁郭城南至南谢桥入于修武县境，历史上在县境内曾多次改道，有时经城南，有时绕城北。丹水何时改经修武入卫，已不可考。有准确时间修浚的人工河，则是新河。新河并不新，由唐代大中年间修武县令杜其率县民开挖而成。新河有两个源头，一个为灵泉陂的灵泉，一个为陆真山（今九里山）下的皇母泉、马鸣泉。一个在县城正西四十里，一个在县北二十里，在新庄合为一河。消河则晚了很多，清乾隆六年（1741）由知县刘建吉倡导开浚，自遐固寨（今东学固）村后，上承武陟宁郭镇李村及河内七孔桥、杨义庙等处山水，以其消逝山水，故名消河。因首倡者为刘建吉，后人为纪念他而又称之为刘公河。现在消河已无其名，取而代之的是蒋沟。蒋沟的形成，据说是在日伪时期，沁河被扒，消河被夺，后从博爱蒋村修理河道，借消河旧道导水东南，在修武县城西与新河汇流。其他尚有龙拱河、龙拱支河、马道河、涝河，全部上承县北诸泉之水，汇入新河。

在1955年之前，小丹水（运粮河）、新河（合蒋沟之水）、蒋河是县境内的主要河流，小丹水自西南向东北流，新河自西向东流，蒋河自南向北又曲而向东流。在县境东部，从北向南，依次为蒋河、新河、运粮河，三河并流，从葛庄、常桥一带向东，那里地势低洼，荒草湖泊，在西晋时期是吴泽的核心地带，少有人住，豪强大族独占渔泽之利。唐宋后，围垦日重，官、军、民屯皆成规模，于是渐有村庄。但在明代，常桥东、刘桥西、蒋河南、新河北，仍是藩王的牧马之地，是为牧马官地，俗名马厂，这就是现在南、北、中、李、赵、付、学地七个马厂的来历。至清代，这里是官府滩地，分民耕种，所收租银直接报部，只有学地马厂地租归县学使用。

1955年开始，全国范围内开始兴修水利，又从博爱修幸福河在北高村入蒋沟，修武县境内各河皆得修浚，在城东并新河入蒋河，并新修陆村涝河、磨台营涝河，分别在朱营和大堤头导入，统称为大沙河。今在马厂，仍有新河和运粮河旧道，当地老人仍称大沙河为蒋河。

除此之外，另修有大狮涝河，也是县境内非常重要的排涝河，西起武陟大樊，东至获嘉狮子营，全长49公里，修武县境内长21.2公里，同样注入了大沙河，只不过大沙河出了县境，即被下游的辉县、获嘉沿河村民称为卫河。

发源于太行山区的散水，也有注入大沙河的，如头道横河、二道横河等。

这就是大沙河的前世今生，不难发现，大沙河的形成，是一部几千年来修武人民改变生存环境、改善生产条件的水利史。

河神祭祀源流考

观照中华文明的发展历程，黄河流域尤显其永恒魅力。黄河文化是中华文明的重要组成部分，是中华民族的根和魂，在中国乃至世界文明的浩瀚星空中都留下浓墨重彩的印记。

在很大程度上，黄河流域广阔的空间以其深厚强大的传统习俗力量，深刻影响着中华民族的民族心理与民族性格，积累和传承了丰富的集体记忆，河神祭祀作为其中一种记忆，所蕴含的文化力量留存长久。在焦作武陟，有一座始建于1723年的淮黄诸河龙王庙，建筑布局效仿故宫，集宫、庙、衙署为一体。考察这座黄河流域最重要的龙王庙以及背后的黄河河神祭祀源流，可以透视千年来流域民众的现实生活图景。

从人到神——黄河大王由此来

黄河河神是条蛇？当了解这一点，读者不禁会莞尔一笑。不过，至迟到明清时期，所谓的黄河河神，或称黄河大王，均化身大小不等的水蛇。

河南商丘市宁陵县是明清黄河流经之地，这里关于黄河大王的传说很多。有一年仲夏，大雨滂沱，连下数日，黄河决口，宁陵县的百姓性命难保，叫苦连天。在这种情况下，不少人面对滔滔黄水，焚香叩拜，祈求栗大王（清代黄河河督，被封为诚孚栗大王）显灵，解除百姓的水灾之苦。说也奇怪，正当人们祈祷之时，从水中钻出一条色彩斑斓的小蛇，昂着头向人们游来，在场的人无不喜出望外，人们认为这条小蛇就是栗大王化身。于是，便小心翼翼地把这条小蛇从水中捞出，放入盘中，置于桌上，加以供奉。果然不几日，黄河水下落，全县人民得救。从此以后，每逢降大雨或干旱年份，人们只要见到相仿的小蛇，就把它奉为栗大王加以供奉，周围的群众都来烧香磕头。有些集镇、农村还要唱神戏，并在戏台前搭一神棚，把栗大王请来受香火，与百姓同乐，祈求他保佑宁陵百姓永远不受水患。①

今人难免奇怪，为何要把水蛇作为一种神祇祭拜？其实，关于黄河河神的演变，也有着复杂的过程。

黄河“善淤、善决、善徙”的特性，让先民们捉摸不定，自古以来，国人在黄河面前都有种自发的敬畏。所谓“黄河之神”，也就成为中国古代被崇拜较早、最具影响的自然神。对黄河河神的祭祀，历朝历代都不曾间断过。《史记·封禅书》曰：“及秦共天下，令调官所常奉天地名山大川鬼神可得而序也。水曰河，调临晋。”《旧唐书·礼仪志四》记载：“河渎封灵源公。”《宋志·礼志八》记载：“仁宗康定元年，沼封河渎为显圣灵源王。”《元史·顺帝纪》载：“至正十一年加封河渎神号灵源神佑宏济王。”从这些史料可见，河神的封号越来越长，地位也不断提升。

据《庄子》、《楚辞》、《山海经》等书，最早的黄河河神为河伯，其名冯夷，或冰夷，或无夷，地位最高，影响最大。相传大禹治水时，遇到很大的技术难题。河伯与洛水水神联合提出治水方略，河伯献出了“河图”，洛水水神献出了“洛书”，为大禹成功治水助了一臂之力。几乎并行存在，大禹也是被广泛奉祭的另一位黄河水神。

明清以后，黄河水神的形象开始发生深刻变化。在沿河居民、渔夫、船工、治河官员与河工中，普遍崇信由治水有功者转变的“黄河大王”、“河大王”。《敕封大王将军纪略》（清人朱寿镛著，河督李鹤年作序，成书于清光绪七年）中共记述了6位大王和64位将军。其中“大王”主要有金龙四大王（名谢绪）、宋大王（明工部尚书宋礼）、白大王（汶上老人白英）、黄大王（河南偃师人黄守才）、朱大王（东河河道总督朱之锡）、栗大王（河道总督栗

① 《厚重宁陵》，马学庆著，中国文联出版社2007年出版，第352页。

毓美），“将军”则主要有陈九龙将军、杨四将军、王将军、党将军等。

所谓“大王”，或由河道总督一类的官员演化而来，或是民间传说的具有某些“超能力”的天才人物转化而来。而“将军”，则大半为下层河官、河兵或平民，生前忠于职守，死后被人们怀念，逐渐又赋予神的功能。

这里面被广为祭祀、地位最高、最早受到敕封的当属金龙四大王。此人名谢绪，南宋钱塘县北孝女里（今浙江杭州良渚镇安溪）人，排行第四，明代开始即被尊为河神。南宋灭亡，谢绪叹息说，活着不能报效朝廷，吃元朝的俸禄是种耻辱，便写了一首诗《烬余录》。写完，整衣北拜，慷慨赴水殉国，在下溪湾投苕溪自尽。人们崇敬他高尚的气节和情操，将其葬于金龙山麓，在溪北塑像立庙。传说明太祖征战于吕梁洪时，谢绪的英灵曾骑白马率潮水助阵，遂被封为水神。之后，多显灵于漕运和河工危难之时，故不断得到官方加封。清顺治三年敕封显佑通济之神，其封号遂累积为“显佑通济昭灵效顺广利安民惠孚普运护国孚泽绥疆敷仁保康赞诩宣诚灵感辅化襄猷博靖德庇傅佑金龙四大王”，这47字的长长封号，竟远远超出了至圣先师孔子的封号，彰显了他从官方到民间的崇高地位。

从人到神，神灵的人格化、世俗化是民间信仰推波助澜，进而广泛深入地融入民众生活的重要途径。历代黄河治理的参与者，主要是广大百姓，民

河神祭祀场面图

众祭祀河神，这些神祇由抽象到具象，从自然物象向人的形象的转变，尤其是黄河河神或为显赫一时的治河重臣，或为当地恪尽职守的普通人物，可亲可敬，可感可知，转变为神灵之后更是护佑于世俗大众身边。

民间认为，这些“大王”与“将军”的化身是一种水蛇。《中国的水神》①一书中说：“大王、将军都是蛇，正确一点说，法身都是蛇形。蛇也是像平常的蛇；但蛇身是金色的，蛇头是方形的。这些蛇被堤工和船户们发现了，他们说，这是什么大王，什么将军。官便虔备一只盘子，由庙祝按大王、将军的名号祝这些蛇登盘子了。祝的是黄大王，蛇不登盘，那便是栗大王；祝的是栗大王，蛇不登盘，那便是王将军。”

在今人徐福龄的《河防笔谈》中，就记录了这些“大王”与“将军”的化身。“蛇有大小，封号不同，分为‘大王’和‘将军’。‘大王”比‘将军’地位高，但形体很小，长 10 厘米左右。不同的大王有不同色彩的花纹，可在‘大王谱’中来识别。将军的化身是粗而长的水蛇，长 50 ~ 80 厘米。过去堵口时，凡出现了小水蛇，都认为是大王降临，必须焚香祈祷并演戏祝贺，因为大王出来，是堵口成功的预兆。若堵口时出现了将军，即被认为是堵口失败的不祥之兆。所谓大王、将军，不过是些愚昧无知的迷信。但过去堵口时出现了细短水蛇，即所谓的大王，确有把口堵住的；出现了粗大的蛇即所谓的将军，就易失败。过去这一直是个谜。笔者认为，这一方面是人的精神作用，另一方面是堵口的成败与口门处河床的土质的好坏有关。小的水蛇体形小，可能生长在比较坚实的土层里，大王出现了，说明口到了好的土层，不易跑埽，可以一鼓作气把口门堵合。而体形大的水蛇，可能生长在土质疏松的土层里，口门出现了将军，说明口门到了沙土层，易于跑埽。再加上迷信的作用首先给人们心理上造成一种不祥之感，群众失去了信心，堵口就容易失败。这个臆断是否对，只有请动物学家来解释。”②

对于河神的祭祀，是一个繁复的仪式。黄河决口，堵口开工及堵复成功，需要祭拜河神；黄河堤坝修筑，河神不能缺席。尤其是黄河伏秋大汛过后，

① 《中国的水神》，黄芝岗著，三联书店 2012 年出版，第 87 页。
② 《河防笔谈》，徐福龄著，河南人民出版社 1993 年出版，第 66 页。

重要险工坝段和黄河流域重要城镇，还要组织“安澜戏”等一系列活动，其主要目的，就是供奉“大王”神位，感恩河神庇佑，黄河安澜。供品、香火、乐器，叩头、祷告、祈福，场面隆重，格式固定，洋洋大观。

安澜有庆——雍正皇帝的河神庙

2020 年 1 月 29 日是大年初五，这天央视的国家宝藏栏目，沿黄九省推出代表性文物，代表河南亮相的，是武陟县的“嘉应观御制蛟龙碑”。这块碑有何奇特之处？竟能在文物大省的河南，“独一份”地跃上国家传媒舞台？

先说安置蛟龙碑的碑亭。其亭双檐攒尖顶，金黄色琉璃瓦覆顶，上层圆形，下层六边形，含有“天一生水，地六成之”之意。乍一看，活脱脱形似清朝皇帝的皇冠，庄严而富丽堂皇。碑亭柱上有这样一句话：“河涨河落维系皇冠顶戴，民心泰否关乎大清江山。”道出了黄河与江山的关联。这块碑高 4.3 米，宽 0.95 米，厚 0.24 米，碑头有三条青龙，环绕着“御制”两个篆字。全碑共有二十四条龙，象征二十四个节气，底座为独角兽。有意思的是，这个铜碑却不是一个纯铜碑。在碑身的开裂处，可以清晰地看到，铜碑的里面，竟然有一个铁胎。众所周知，铜和铁的熔点、凝固点和膨胀系数都是完全不一样的，如何做成这种铜面铁胎的巨型大碑，即使在今天，仍是一个不小的

武陟嘉应观

难题。

最为重要的是，这块清朝雍正皇帝亲自撰文书丹的铜碑，真实记录了康熙至雍正年间治理黄河水患的场景。武陟位于黄河左岸，是黄河中下游接合部、黄河“悬河”的起点。同时，沁河在武陟汇入黄河。沁河是黄河重要支流之一，历史上决口泛滥频繁，素有“小黄河”之称，且同样是一条“地上悬河”。每到汛期，大水汹涌而至，沁河入黄口一带，成为黄河著名的险工段。康熙六十年（1721）到雍正元年（1723），两年多的时间里黄河在武陟秦厂、詹店、马营、魏庄四次决口，洪水淹没焦作、新乡、安阳后顺地势向北流去，经卫河入海河，直逼京津，危害华北，成为清王朝的心腹之患。清政府集中大量财力、人力与黄河对抗，其间国库曾一度入不敷出，无奈之下，朝廷急令周边各省将应上解京城的白银和粮食直接运送到武陟。在国库倾力支持下，雍正元年秋汛前，9 公里长的巍巍黄河大坝终于修筑起来。堵口成功后，雍正帝敕命于堵口处建造龙王庙。雍正二年（1724）九月初二日，皇帝御笔亲书碑文刻于庙内铜碑，内称：“特命河臣于武陟建造淮黄诸河龙王庙”。

“朕抚临寰宇，夙夜孜孜，以经国安人为念”，蛟龙碑碑文上，雍正记述着对黄河的深切情感。传说，就在嘉应观及蛟龙碑建成后，黄河水澄清 2000 余里，持续了二十多天。雍正皇帝感召大德，颁布“圣世河清普天同庆谕”，派大臣亲临嘉应观祭祀河神，在嘉应观中另一座“水清碑”上，这件事明白无误地被刻碑纪念，不过，“报祥瑞”是历代的一种传统，当不得真。

在御制蛟龙碑之后，就是规模蔚为壮观的嘉应观，又称淮黄诸河龙王庙，建筑布局严整，是黄河沿岸所修建的第一座、也是最大一座河神庙，现存古建筑 249 间。嘉应观的具体修造由河南总督田文镜具体

嘉应观大殿内所悬清高宗御制“洽德敷仁”匾额

负责，庙成之后，主奉金龙四大王，雍正帝赐额“嘉应观”。其中主殿面阔七间，周匝回廊，重檐歇山顶，覆孔雀蓝琉璃瓦，殿内高悬乾隆帝御制“洽德敷仁”匾额。值得注意的是，嘉应观建筑群东路为河台衙署与道台衙署，西路为东河总督的驻地之一。这种集宫、庙、衙署为一体的布局，使嘉应观成为一座真正意义上的集宗教与行政于一体的古建筑群。

嘉应观的修建，在武陟当地还有一种广泛流传的说法，即是雍正帝为感谢他的皇叔牛钮而修建。传说是这样的：

顺治帝与宫女巴氏相爱，生下牛钮，想立他做太子，将来当皇帝。可孝庄太后以“子以母贵”为由，让三阿哥玄烨做了太子。顺治帝愤懑出家，六岁的玄烨做了皇帝，牛钮母子从此浪迹天涯。按清廷规矩，皇子一旦出宫就视为夭折。牛钮与母亲流落黄河沿岸，历受黄河决堤之危害，当得知自己的身世以后，为了大清的江山社稷，为了苦难的黎民百姓，六十出头的牛钮硬是冒着杀头的危险，只身进宫请旨堵口。当时，康熙帝已是老病在身，十八个皇子又为争夺皇位闹得不可开交。康熙帝经过深思熟虑，来了个借腿搓麻绳儿，将治黄之责和选人之任两件大事托付给自己的兄弟牛钮。牛钮不负重托，带着四阿哥和十四阿哥风尘仆仆到了黄河岸边，一边监督治河工程，一边观察两位阿哥的表现。他发现四阿哥踏实，十四阿哥浮漂。回到北京后，牛钮力排众议，推荐了堵口有功的四阿哥胤禛当上了皇帝。雍正帝为了感谢皇叔牛钮的推助之恩，为出家的牛钮修建了故宫形制的嘉应观，这从一个侧面也反映出，清廷已经承认了他这位“在野皇帝”。牛钮这位有着清廷血统的人，当之无愧地也就成了嘉应观的首任住持。[①]

在《豫河志》[②]、《清史稿·诸王传》等史料中，是有牛钮此人的记载的，不过，传说的流行原因复杂，嘉应观的建造，在很大程度上说明中央政权对黄河的重视程度。关于河渎庙的记载，最早见于北周武帝天和二年（567）[③]。北宋之后，关于河渎庙的记载逐渐增多，河渎神越来越受到统治者的重视，

① 该传说 2022 年 9 月据焦作黄河河务局杨保红讲述。

② 河南省境内黄河（及沁河）水利工程专志，吴筼孙主编，1923 年出版。

③ 参见郑樵：《通志》卷七三《右晋》，北京：中华书局 1987 年版，第 8444 页。

朝廷为其置庙、封号，地位大大提高。究其原因，北宋以降，尤其是明清时期，黄河决口、决溢等水患问题频发，对漕运危害极大。明清京杭运河与黄河、淮河在江苏淮安清江浦交汇，黄河水经常倒灌进淮河、运河，导致堤坝溃决，使得漕运中断。而运河漕运是明清王朝的重要生命线，当时每年约有四百万石漕粮经运河从江南运往京师，供给文武官员以及军民食用，漕运一旦中断，京师就会陷入恐慌，严重影响政治稳定。此外，在清帝看来，治河救民对于稳固统治具有重要意义。康熙屡屡讲道："河防之事，甚属紧要，关系民生之休戚，田庐之存没"，"河道屡年冲决，地方被灾，民生困苦，深轸朕怀"。黄河的水患问题对国计民生，乃至国家安定产生着重要影响。康雍乾时期，全国龙神祠庙系统的陆续创立，是最高统治者"事神治人"理念在精神生活与公共空间中的具体展现[①]，以期国家风调雨顺、人物康阜。

不独雍正帝，乾隆皇帝在这方面也用力尤勤。他曾多次派人探寻河源，"告祭河神"。不仅命人修撰《河源纪略》一书，还留《黄河源图》一幅于书案，时常御览，并钤印"五福五代堂古稀天子宝""八征耄念之宝""太上皇帝之宝"三枚御玺。清入关之初即将河神祭祀纳入国家正祀并不断强化的做法，既有治理水患之需要，还有利用河神信仰这一象征符号克服阶级与民族差异、培育共同体意识的考虑。以示对河神的感恩和崇仰，期望求得庇佑，国泰民安。

中国治水史上，黄河有着特殊的地位，所谓"国家大事在漕，漕运之务在河"。清初，康熙皇帝曾在乾清宫的柱子上写下六个字：三藩、漕运、河务，把这三件事当成生死攸关、刻不容缓的重大问题。乾隆时期，"江南三大政"河、漕、盐，河务居第一，河务联系国运。考诸史实，一般发生较大规模的决口，清帝会在口门堵筑之后奖掖河官，还派人到河神庙致祭。回望历史，黄河为害严重的时候，往往是在战乱频仍、国家分裂的时候；而大规模的治河，都是在全国统一，国家繁荣稳定的时候。如西汉末到东汉初，连年战乱，堤防失修，导致黄河泛滥，数十州县遭洪水淹没。东汉统一之后，

① 据陶金、喻晓考证，自雍正元年（1723）起，雍正帝以京师时应宫为中心，构建起一庞大的全国性龙神祠庙系统。在其执政的十三年中，所敕建的龙神祠庙多达三十余座。

黄河问题才得以解决。探寻嘉应观的建造史，这一点显得尤为重要。

英雄崇拜——“国家之福，河神之佑”

在“栗大王”栗毓美曾经供职的河南省西华县，流传着不少“栗大王”的传说，多为其治河保民、为民请命的演绎。在《西华县志》中，就有这样的记载。嘉庆十八年（1813），西华县突遭洪水侵袭，水势汹涌，迅逼城垣。时任西华知县的栗毓美下令固封四门，亲自率众登城防汛，但河水陡涨，三日水升齐城，满城嚎啕，恐慌万状。栗毓美观此情景，焦急万分，于东门城楼叩拜祈求神灵：“西华城池乃弹丸之地，下官治下，农耕于野，商贾于市，连年升平，无越国法人情。纵有不规之处，应责县令，与百姓无关。如欲惩罚，吾一人承当，乞恕众生，虽死无怨”。祝毕，将乌纱帽摘下掷于水中，帽在原处旋转，虽水流湍急而不去。

这个时候怎么办呢？栗毓美回顾众人，说了一句“此天意也！”就纵身跳入水中。这一跳不打紧，洪水竟然真的骤然回落。过了一会，水完全退尽，大家遍寻栗毓美尸体无着，只见其帽中盘卧一铁青色七寸小蛇，引颈举首向人示意。众人醒悟，谓栗功德感动于天，成为水神大王，遂供拜。此后，西华人在县城东门外建栗大王庙，庙甚雄伟，前有戏楼，正对后殿，每逢祭祀、演戏，蛇辄出现，盘卧供桌盘内，不惧不行，朝拜者甚众，信奉益笃。

这当然是传说，不过，传说背后有深刻的内涵，百年来民众纪念栗毓美等人，制造传说，列为大王，广为祭祀，其实都是在某种程度上曲折地反映生活。传说中，栗毓美将官帽投入河中以镇水患，其实是对他独创的“抛砖筑坝”技术的反映，其以身殉河的情节则是对他为治河而以身殉职的舍生精神的写照。

栗毓美（1778—1840），字含辉，又字友梅，号朴园，又号箕山，山西省浑源县人。清嘉庆七年（1802）以拔贡考授知县，后历任知州、知府、布政使、护理巡抚等职。道光十五年（1835）任河南山东河道总督，主持豫鲁两省河务。其于道光二十年（1840）病逝任上，任河督虽仅五年，但治绩卓著，他创立的抛砖筑坝法对后世影响深远。光绪五年（1879），加封其为“诚孚普济灵惠显佑威显栗大王”。

《清史稿》评价：“毓美治河，风雨危险必躬亲，河道曲折高下向背，皆所隐度……在任五年，河不为患。殁后吏民思慕，庙祀以为神，数著灵应，加封号，列入祀典。”有趣的是，作为后世同僚，清末大臣陈夔龙于光绪二十九年（1903）任河南巡抚，在其《梦蕉亭杂记》曾经记叙了他在巡抚任上所见诸“大王”的情形：“余于光绪癸卯秋，抵豫抚任。省中有大王庙四，将军庙一，巡抚莅新，例应虔诚入庙行礼。越日，黄大王到。河员迎入殿座，余初次瞻视，法身长寸许，遍体着浅金色，酷嗜听戏，尤爱本地高腔，越三日始去。后巡视南北各要工，金龙四大王、朱大王均到。”其中，关于栗毓美，他这样说：“余回省后，时值乡试届期，入闱监临，夜中不寐，偶思栗大王尚未见过，不识有一面之缘否，讵至诚竟感神。日，内帘值役之老兵禀报：栗大王已在闱中第几房之窗下。当即率同提调、监试两道，齐集至公堂，派员入内帘，用彩盘资出，安坐堂上，焚香行礼。并用余所乘大轿全副彩仗，启门舁往大王庙中，供祀如礼。”

其实，在明清笔记中，有大量关于河神祭祀的记载。栗毓美成为黄河河神，就属于典型的治河英雄式崇拜。据统计，清代河道总督任职者 133 人，被敕封为河神“大王”的仅有两位河督：朱之锡（朱大王）、栗毓美（栗大王）。可见，老百姓的眼睛是雪亮的，谁治河功劳，谁尸位素餐，一目了然。栗毓美在河督任上的功绩，借由老百姓口口相传的神话传说，传唱百年。栗大王是清代乃至中国历史上敕封的最后一位河神，可见栗毓美治河贡献之大，事迹感人之深。

黄河的最后一次大改道是在咸丰五年，也就是公元 1855 年。之后几十年间，围绕堵复决口挽黄河回归淮徐故道，还是维持现状，筑堤形成新河，也就是黄河到底是北流、还是南流，朝堂之上争论不休。

终于，光绪十三年（1887），黄河又在郑州下汛十堡东决口。这次决口，是清代最大的一次黄河决口。经过艰辛堵复，史称“郑州大工”的这次堵口，共花费白银约 1200 万两，约占当时朝廷年收入的四分之一，终获成功。

从此，黄河北流成为惯常，黄河南流成为历史，当代黄河下游格局形成由此而来。

当时负责堵口的河东河道总督吴大澂在口门处立了一块碑，名曰：郑工合龙处碑。吴大澂是清代著名书法家、金石家，亲自撰写碑文。因兼具历史、科技与艺术价值，这块后来成为黄河博物馆镇馆之宝的“三绝碑”，用详细的笔墨罗列了事件的前因后果之后，浓墨重彩地写下——国家之福，河神之佑，臣何力之有。河神，又是河神！抚摸碑文，不禁让人感慨万千。

（李锟）

覃怀稽古

过妙乐塔

[明]赵贞吉

洪流千古意，孤塔往来心。

寂寂留双槿，花开不计春。

话说“覃怀”

“覃怀”地名，最早见之于《尚书·禹贡》：“冀州：既载壶口，治梁及岐。既修太原，至于岳阳。覃怀厎绩，至于衡漳。”这一段的意思是：从壶口开始施工以后，就治理梁山和它的支脉。太原治理好了以后，又治理到太岳山的南面。覃怀一带的治理取得了成效，又到了横流入河的漳水。这里，有必要对“覃怀厎绩”的读音和词义进行解释。从古代到现在，很多人误将“覃怀厎绩”写作“覃怀底绩”，即使是某些从事地方志研究的同志，也不免以讹传讹。厎，读“zhǐ”，而非“dǐ”，“厎”可以通“底”，而“底”不可以通“厎”，“厎绩”的意思为“创立业绩”，司马迁《史记》在记述大禹的功绩时，将“覃怀厎绩”写作“覃怀致功”，可看作是对《禹贡》的解释，就是说大禹在覃怀治理黄河取得了巨大功绩。

覃怀

关于“覃怀”的具体位置，后人在注疏《禹贡》时有多种说法，《孔安国传》曰：“覃怀，近河地名。”唐司马贞《史记索隐》云：“河内有怀县，今验地无名‘覃’者，盖‘覃怀’或当时共为一地之名。”金履祥《资治通鉴前编》尚书注云：“覃，大也；怀，地名。太行为河北脊，其山脊诸川皆山险，至太行山尽头始平广，田皆腴美，俗称小江南。古所称覃怀也，即今怀州。”蔡沈《书经集传》曰：“覃怀，地名。《地志》河内郡有怀县，今怀州也。”王鸣盛《尚书后案》曰：“今怀县故城，在河南武陟县西，即覃怀也。”在这些记载中，我们可以看到，随着历史的变迁，古人对于怀县与怀州的概念渐次混淆，有的乃至将其等同起来。其实怀县“故城在今河南武陟县西南”，怀州为“后魏置，治野王，即今河南沁阳县治”。二者既有地理位置上的不同，更有行政管理层级、所辖地域的差异，是根本不能混为一谈的。

明代史学家陈于陛在万历《武陟志》序中说：“武陟，故覃怀属邑。”定义武陟与覃怀的关系为从属关系。万历《武陟志》的编纂者李日茂、秦之英在《地理志》中也说：“武陟县……盖亦覃怀望邑焉。”将武陟定位为覃怀的望邑，但实际也是从属关系。此后的乾隆《怀庆府志》，以及续修的道光《武陟县志》、民国《续武陟县志》，在谈到武陟与覃怀的关系时，多说“夏为覃怀地”，沿袭前人的说法。1993 年版《武陟县志》，则是“夏，为冀州覃怀地”和“夏，称覃怀”两种说法并取。

“覃怀”是地名，这个常识似乎并无异议。在魏晋南北朝之前，除了《尚书·禹贡》所记的“覃怀厎绩”以及《史记》中对《禹贡》所记进行解释的“覃怀致功”外，对“覃怀”本身含义无人注释，地域范围也无争议；隋唐以后对“覃怀”则只是从地域角度加以解释，而且不尽一致。仅以乾隆《怀庆府志·沿革考》记载为例，对“覃怀”地域范围界定就有多项，其一怀庆府：“《禹贡》覃怀之域”，其后有“郑康成注：覃怀为县名，属河内”；其二河内县：“《禹贡》覃怀地”；其三武陟县：“古冀州覃怀地”。这些记载本身就有矛盾，如说怀庆府为“覃怀之域”，但古人又早注明“为县名，属河内（郡）”，可见至少在东汉以前“覃怀”就是指河内郡的一个县；至于河内县与武陟县，历史上两县之辖境从未有过交叉，明显只能有一个是正牌的“覃怀”，倒是武陟县的前身怀县，在王莽推行改革时曾改名“河内县”，是历史上“河内县”之名第一次出现，只是为时甚短而已。迄于当代，在相当长的一段时间内，仍以焦作市整个区域为“覃怀”或沁阳为“覃怀”，因未能辨明其迭次关系、历史脉络，以致覃怀释义上似清非清、语焉不详，这对于焦作之与黄河文化的重要地位，对焦作文化强市的建设都是非常不利的。

我们认为，武陟及武陟的前身“怀县”“武德县”地域，就是真正的古“覃怀”地，故称武陟为“故覃怀属邑”不妥，应明确“武陟，夏称覃怀”

为宜。究竟“覃怀”此称从何来？为何要明确武陟即“覃怀”？其证据何在？我们有必要先从“怀”说起。

怀

“怀”，作为地名，多出现在先秦古籍中，如《韩诗外传》：“周武王伐纣至邢邱，改邢邱曰怀。”《左传》：“周定王四年（前603），赤狄伐晋，围怀及邢邱。”《史记·魏世家》：周烈王六年（前370），“魏败赵于怀”。《史记·六国年表》：周赧王四十九年（前266），“秦拔魏，取邢邱、怀”。《竹书纪年》：周显王九年（前360），“秦师伐郑，次于怀”。《史记·六国年表》：秦昭襄王三十九年（前268），“拔魏怀”……不胜枚举。由此可以看出，在秦朝实行郡县制以前，在涉及“怀”地时，都是以一个“怀”字作为地名的。而且可以肯定的是，这个“怀”都是在说一个地方，即武陟县的前身“怀县”，其地域在今武陟县西南部。

为什么这里要称之为“怀”？这与武陟所处的地理位置和周边形势有关。大禹时期，武陟东、南两面均面临黄河。1993年版《武陟县志》中，从地质角度详细记载了古黄河在武陟境内的河道遗迹：“城关乡以东到谢旗营，接获嘉境，为古黄河河床”，“古阳堤（在木栾店、马曲、大城、圪垱店、商村、邸阁一线）以南为古黄河滩地”，可见自古至今，黄河在武陟南部这个大形势基本未变，而其在武陟东部的形势则变化甚大。

大禹时期今武陟东部一带基本都为黄河河道（也就是秦置武德县地域），而北流的黄河直到明代才彻底改道，不再流经武陟东部。乾隆《怀庆府志》载：“英宗天顺七年（1463），河溢开封、怀庆等六府。是年，河自武陟徙入原武，而获嘉之流塞。”当时武陟正东邻原武县，两县之间原是隔河相望，由于黄河改道，方才土地相接。

而武陟北面和西面的情况又是什么样呢？武陟北靠太行山，呈北高南低之势，西面和温县、博爱县接壤，平均海拔比二县平原地带约低100米，又是西高东低之势。武陟又当沁河下游，沁河由西而东而南注于黄河，至今武陟沁南地域还是一个盆底位置，疏洪最难，在20世纪50年代末出版的《中国分省地图》中，沁南这一块是明确标注为行洪区的。而东部、东南部的谢旗营、乔庙、詹店、嘉应观等乡镇，则同样是地势低洼，地下水位甚高，易遭洪涝灾害。

正是这样的地形地势，让古人将古代武陟这块地方称为“怀”。“怀”字在金文中是会意字，像将东西怀挟在衣中，有包围、围绕之意，而武陟在大禹时期被黄河所环绕包围的形势，正好符合“怀”字之意，故以“怀”作为地名，是再恰当不过的选择。而武陟又背山依河，地势低平，最易被灾滞洪，故宋代蔡沈《书经集传》中在注解“覃怀厎绩”时，取《禹贡·尧典》中所记“汤汤洪水方割，荡荡怀山襄陵，浩浩滔天”作为依据：“方洪水怀山襄陵之时，为平地致功为难，故书厎绩。”同时其又云：“怀，包其四面也。襄，驾车其上也。”“覃怀，地名。《地志》河内郡有怀县，今怀州也。”因而，以“洪水怀山襄陵”这个意义来作为武陟古称为“怀”的注解，于时于事于势，亦颇为相合，也是很有道理的。

覃怀与怀

那么，为什么要在“怀”之前冠以“覃”字呢？古人没有对此进行解释。我们看一下当前的几种说法。一种说法是，甲骨文中有“覃”字，如“甲申卜：王其于覃”“甲辰卜：翌日乙，王其于覃无灾名”等。因此，有人推测“覃”字为地名，可能就在今焦作地区附近。但无论是古人孔安国、司马贞，或是我们今人，在焦作地区都未发现与“覃”有关的地名，因而此种说法缺乏可靠依据，难以成立。另一种说法来自对“覃”字字形的解读，古文学家罗振玉说：“覃像酒盈樽（古代的酒壶）”，郭沫若和陈梦的解释是：“‘覃’就是一个口小肚子大的酒坛子，‘覃’字上面的‘西’字，是酒壶的盖，西下的‘曰’是酒壶的大肚，‘十’字底部为尖状，插入地中便于存放。”因而有一种观点认为：“今河北邢台、河南安阳一带为‘覃’的‘西’部，今新乡、焦作、沁阳、济源一线为‘覃’的‘曰’部，在今温县与孟州一带为

‘覃’的‘十’部。呈倒‘V’字形状的黄河极像一位张开双臂的母亲紧紧地把这块土地搂在怀里，古人便形象地把这块土地称作覃怀。”这种说法过于宽泛，覆盖了整个汉“河内郡”区域，不免有牵强之感，更与“郑康成注：覃怀为县名，属河内”的说法相悖，因而也难成立。还有一种说法与姓氏来源有关：“此地有一部落叫覃怀氏，其后以部落名为姓，称为覃怀氏，后简改为覃姓，称为覃氏。”此种说法对于考察覃怀地名由来作用不大。

通过对多方资料的综合考证，“覃”字与《尚书·禹贡》的另一段记载有关：“东过洛汭，至于大伾；北过降水……”说的是黄河由东折而向北处，而前面我们已经说过，这一地点正是在武陟境内，而其中的关键点就是“大伾”。

唐代以前最早解释大伾山地理位置的就是郑玄的“在修武（今获嘉）、武德之界”，位于今武陟东部。古黄河在由“山经河”向“禹河故道”演变过程中，其在武陟由东向东北的转折处由东石寺逐渐向东南部的圪垱店转移，即河道在向东向南消退，而这个原因则是源于“右岸山体的弥灭”，即大伾山的“塌退直至弥灭”。

既知大伾山在武陟，我们再看司马迁《史记·河渠书》里记载的黄河：“自积石，历龙门，南到华阴，东下砥柱。及孟津、洛汭，至于大伾。于是，禹以为河所以从来者高，水端悍，难以平行地，数为败。乃厮二渠，以引其河，北载之高地，过降水，至于大陆，播为九河，入于渤海。”这是对《禹贡·河水》的详解，重点则在从“至于大伾”到“以引其河，北载之高地”，叙述了大禹如何在大伾开挖水渠，疏泄洪水的过程，而这个过程恰恰也就是大禹“覃怀厎绩”的背景，是大禹在“怀”地立下的功绩所在。

在晋郭璞所注的《尔雅注疏》“卷三·释言”中，对覃字是这样解释的：“流，覃也。覃，延也。……释曰：转相解也。皆谓蔓延相被及，水之流必相延及。”对“覃”做了恰如其分的解释，而“覃怀”的“覃”则正是来源于它的动词义项，即“深、蔓延、延伸、延伸到”。因此，“覃怀厎绩”所蕴含的整体内容就是：“大禹在‘怀’这个地方，开挖水渠，延伸河道，将被大伾山挡住的黄河洪水疏泄出去，取得治理洪水的巨大功绩！”也就是说，

“覃怀”就是“大禹在‘怀’地挖渠疏洪”之意，作为承载这一重大历史事件的平台，将“怀”又称为“覃怀”，于情于理，都是顺理成章的事。

区域演变

晋武帝泰始二年（266），郡治由怀县迁至野王（后之河内、沁阳），自此怀县不再成为郡治，降为属县。

到南北朝时期，战乱频仍，河内郡先后落入前赵、前燕之手，后又为魏所有。当时南朝的宋国虽然不实际拥有河内郡，但仍在司州下侨置河内郡，寄治河南，领温、野王、轵、河阳、沁水、山阳、怀、平皋、朝歌十县。而实际拥有河内郡的北魏，则于天安二年（亦为皇兴元年即467年）始置怀州，仍治野王（隋改河内）。由河内郡改置怀州，主要有两个原因：一是区别对立的政权，二是建置区划的需要。

南北朝至唐初间，怀州时废时置，治所也曾有变化，且领县不一，而河内郡在这一时期也是时废时置，州、郡之所置、分、统杂糅相错，河内郡的名称甚至到宋朝还在使用，虽然只是府州之别名，无任何意义，也足以让古人在修志时为之纠结不已。唐以后，怀州（治河内）所辖区域基本稳定，经宋、金，至元代改怀孟路、怀庆路，明清又改怀庆府，但无论名称怎样变化，始终不脱一“怀”字，其主要原因是它们均由河内郡演变而来，而河内郡治怀县古称“覃怀”，历史悠久，享有很高的知名度和认同感。而且隋朝之所以设置武陟县而不用原来“怀县”之名，其原因之一也应该是“怀”字已被州名所用，为避免混淆之故。同时，作为州（府）治的河内县因使用原郡名“河内”，就更加让人难以分辨，此间既有怀县、怀州“怀”字之讹，也有河内郡、河内县“河内”之讹。因此，自唐以后，“覃怀”也就伴随着州（府）以怀命名，治所转移至河内县，不仅整个州（府）所辖区域泛称“覃怀”被延续，就连河内县也“理直气壮”以“覃怀”自居了。

同样是从唐代以后，由于文人墨客特有的浪漫气质和对历史细节的模糊，开始在作品中广泛将怀州称覃怀，对“怀州即覃怀”这一概念的形成更起到了推波助澜、辐射放大的作用，如唐朝诗人岑参《送怀州吴别驾》：“驿路通函谷，州城接太行。覃怀人总喜，别驾得王祥。”方干《怀州客舍》：“误饮覃怀酒，谁知滞去程。朝昏太行色，坐卧沁河声”等，不一而足。到20世纪80年代焦作成为省辖市，辖境仍相当于古怀庆府，按照继承历史之传统，自然而然地要将焦作称为“覃怀”了。

千古风雨汤帝陵

关于《禹贡》大伾的位置，北魏郦道元《水经注·河水》引汉末郑玄之说，认为在“河内修武、武德之界”，将其定位在今武陟与获嘉交界处。荥阳在北魏太和（477—499）中移至大索城前，治所一直在今郑州古荥镇。古荥镇正北30多公里靠近获嘉县界的武陟商村，现有一处商代遗址——商村遗址。

商村遗址地表文物有商王庙、汤帝陵等。商王庙存有宋代重修商王庙石碑一通，元代重修商王庙石碑两通。碑文中称颂成汤灭夏桀救民于水火的功德，表达历代对商代陵寝的崇敬、祭祀（碑文称“巨陵戴”）。汤帝陵有唐代尉迟敬德手植古槐一棵，苍老虬劲。商王庙的北面和东面散布着8个大型墓冢，遗址总面积约为6万平方米。

20世纪50年代，商村遗址地表和附近古阳堤上，发现大批散落的青铜箭镞和古陶片，引起考古专家和文物管理部门的关注。北京大学考古专家在表层初步试掘中，获得了大量石刀、石斧、骨针、陶片、贝壳、兽骨，经评估确定为龙山文化和仰韶文化层，大批文物属商周文化遗存。1963年河南省人民委员会公布商村遗址为文物保护单位。

考古工作者从商代遗址推断，商王庙是成汤死后不久修建的，后因年代久远，屡毁屡建。遗址中出土有东周粗绳纹筒瓦和板瓦。现存《宋重建商王庙大殿记》，明确记载了该庙是在旧址上重建的史实。成汤死后的葬地史学界尚无定论。《括地志》载：“武陟县东三十五里商村，有商成汤陵。”清《怀庆府志》墓葬卷也有同样记述。在《括地志》中，别无“成汤陵”的记述。

钻探显示，商村遗址周边为黄河、沁河沉积泥沙，商王庙、汤帝陵下为

高于现地面6米的红色砬礓土，顶部面积为62500平方米，其中长、宽各为250米，底部面积因地下水位太高无法勘探。商村遗址经3000多年风雨侵蚀仍高于地表，只能用原为丘陵山地来解释。古帝王“葬者，宜在国都之北”，郑州为商代前期都城，由此不难理解商村遗址为大伾遗迹。

（摘自《华北轴——黄河历史与水文化》）

尘封烟锁古阳堤

古阳堤是最古老的黄河堤防，起自河南武陟县木栾店，经获嘉、新乡、延津、卫辉、浚县，终止于滑县。它兴起于春秋，形成于战国，统一完臻于秦，具有相当规模于汉。清《一统志》记作“汉堤”，《河南通志》称“太行堤”。

沿古阳堤的古村落

武陟地处黄河中下游接合部，黄、沁河交汇处。西部有青风岭为屏障，明清以前很少受到黄河洪水影响。县东是黄河故道和黄、沁河屡决之地，洪

水和逐鹿中原的战火屡屡将其荡为平地。

“朱元璋三洗怀庆府（武陟属之）”之有无，以及明初山西移民到武陟的规模，目前是有争议的。但是，无可置疑的是，武陟县的村落在明初确实有一个重建的过程。武陟县东现有村落中，十之有九创立于明代以后。

然而，武陟县东中心线上，却有一条早于明代的古村落带：木栾店、马曲、大城、圪垱店、商村、宋陵、孟村、邸阁。木栾店作为沁河重要渡口的历史，可追溯至秦汉时期，其北1公里处的郇封岭岗地上，有一处龙山文化遗址——东石寺遗址；马曲宋代以前称冷庄，沁河修筑堤防后这里成为沁河重要堤段，明代历次在此加修沁河堤防；秦始皇二十八年（前219）置武德县，晋怀帝永嘉二年（308）废武德县入修武县，秦武德县故治就在大城村；圪垱店在宋以前称青龙镇，古阳堤在其北，明万历十八年（1590）沁河改道前，其南的沁河堤防也是重要堤段。

商村现有一处龙山文化遗址，其地表文物有商王庙、汤帝陵等。商王庙存有宋代重修商王庙石碑，其铭文曰：“据大河有陵，陵上起严祠……陵左有疃，名曰南陵；陵之右有疃，名曰商村。东有孟津之口，名曰宋家渡。”铭文涉及的商村，至今仍在商王庙右侧。铭文中的南陵村现叫宋陵，或者是南陵村与宋家渡合并成为宋陵村。而铭文中的孟津并非洛阳之孟津，当指武王伐纣时另一渡河处，此处现为孟村。邸阁的村名来源于北魏时在此地设立的邸阁仓，这里也有一处龙山文化遗址。

这一条早于明代的古村落带，正好位于古阳堤一线。而且除孟村外，其他村落都位于古阳堤南侧。

古阳堤释名

据史载，黄河堤防的修建始于共工和鲧“障堵洪水”的年代。西汉人贾让认为：“盖堤防之作，近起战国，壅防百川，各以自利。”秦始皇“决通川防，夷去险阻”，使分散的堤防走向统一。清代人胡渭说：“汉河堤，率谓之金堤。”

唐代诗人卢肇有《汉堤诗》，可见唐代时已有“汉堤”的称谓。唐代诗人王建有首题为《伤堕水乌》的诗：“一乌堕水百乌啼，相吊相号绕故堤。眼见行人车辗过，不妨同伴各东西。”诗中提到的“故堤”指的是黄河改道后遗留下来的已不再设防、维修的旧堤，亦称“古堤”“废堤”。由此可见，古阳堤这一称谓的出现，当在其成为“古堤”“废堤”之后。山南水北谓之阳，故而阳堤即北堤、左堤。“古阳堤”即“古北堤”，当是“黄河北岸古堤”的简称。

古阳堤称谓起于何时

东汉王景治河曾“筑堤自荥阳东至千乘海口千余里”，其起点以右岸的荥阳为地标。黄河历来两岸均有堤防。可为什么没有“古阴堤”呢？

历史上黄河的决口改道有一个演变过程，从其趋势来看，可分为三个时期。第一个时期是南宋建炎二年（1128）杜充决河之前。这一时期黄河大的改道均以浚县、滑县之间为顶点，武陟县至滑县之间的堤防因此得以延续使用。接下来的第二个时期，截至清咸丰五年（1855）铜瓦厢决口改道之前。这一时期黄河大的变迁以武陟县为顶点，但其变化的趋势是由北向南发展。金明昌五年（1194）河决阳武以后，新乡、汲县（卫辉）境内无河。至此，武陟县至滑县段黄河大堤均成为故堤、废堤。

虽然两岸都成为故堤、废堤，但右堤因被黄河掠过，破坏的程度更大，由此消失无闻。左堤因能防止黄河决流北犯得以保存，古阳堤这一称谓应当是这一时期出现的。但古阳堤得以保留，还与封建治河者在“重北轻南”的治河思想指导下建立北岸二线堤防有关。

古阳堤成为二线堤防

明弘治七年（1494），副都御史刘大夏治河时，修筑了从胙城（在延津境内）至徐州180公里的太行堤，作为黄河北岸第二道防线。清初利用古阳堤将太行堤从胙城延伸到武陟县木栾店，古阳堤由此成为太行堤的一部分。

清雍正二年（1724），张鹏翮组织整治武陟县黄、沁河交汇处堤防后，曾上书：“北岸太行堤自武陟县木栾店起，至直隶长垣县，系圣祖仁帝指示修筑之工，关系黄沁并涨并卫河运道重门保障，应令河南巡抚催促承修各官，作速修筑，一律坚固，如有迟延，听其指参。”乾隆十六年（1751）陈宏谋任河南巡抚时曾上奏：“河南省内除黄河两岸大堤外，另有古堤一道。由怀庆府之武陟县起，经获嘉、新乡、延津、滑县与长垣县交界止，俗称太行堤。若遇黄河水涨，实为外围护堤。今因武阳坝合龙后，此堤亟待补修加固。由于此乃浩大工程，故奏请国家出资修理。”

随着黄、沁河交汇处堤防体系的完备和黄河的南趋，古阳堤最终还是退出了历史舞台。清道光七年（1827）的《武陟县志》即称“今河形渐次南趋，太行堤废弃已久”。但直到20世纪70年代武陟县仍有大量残堤。

古阳堤的湮没

据《武陟县志》，古阳堤在武陟县界内的长度为20多公里，圪垱店村北的大堤，就位于其中心点上。在20世纪70年代，笔者就随大人们到堤上取过土。

由于历代封建统治者对盗决堤防、损坏堤防的处罚十分严厉，加之黄河决口频繁，老百姓畏洪水、惧刑罚，古阳堤因此得以长期存留。20世纪六七十年代，改天换地的热情高涨，古阳堤也渐渐失去了堤防作用，更主要的是铲运能力的提高，至20世纪80年代，武陟县境内的古阳堤均被铲平与庄稼地连为一体。

古阳堤虽已铲平，但其遗迹仍然可寻。其在圪垱店村以西的走向，基本沿着伊里村北、冯村以南，过小岩村北，过大城村北，再过马曲村北与古槐庙南，直达沁河杨庄改道前的老左堤。

圪垱店村东北即是汤王堤村，汤王堤（古阳堤的一段）位于该村东北，残存堤基约30米，顶宽6米左右，高出北面地面约0.5米。商村紧临汤王堤村，现存部分高于地面 1.5 米的残堤。

古阳堤从冯堤村出武陟县进入获嘉县境。相传冯姓人明初从洪洞县迁来后，居住在古阳堤上，称为冯堤村。清道光年间以古阳堤为界分为前、后冯堤。

汉献帝禅陵怀古

“昔渡铜台水，不闻歌叹声；西陵寂寞路，一样草闲生。”这首题为《汉陵春草》的五言古体，作者范正脉，明末清初修武人，是修武有记载的少有的神童，少年时以《卝草》诗名动河南，为当时的河南巡抚王汉所赏识。顺治六年（1649）中进士，曾任京官，因脾气古怪，为人傲岸，出为长芦运同，后迁两浙盐运使，未任卒。范正脉之诗，跌宕淋漓，落落自将，隽永深长。他所凭吊的汉陵，就是今天位于修武县城北约二十五里的禅陵，东汉最后一位皇帝，历史上命运相当悲催的汉献帝刘协就长眠在这里。

汉献帝禅陵在今天的修武县七贤镇古汉村南，北依云台，地处山前洪积

汉献帝禅陵

平原，只有东南数百米处有一突兀小山，这就是郦道元在《水经注》中所说的覆釜堆，后因刘协葬于此，此山被改名为古汉山，村子也称古汉村。至于刘协之陵为何被称为禅陵，这要从他的生平经历说起。

刘协（181—234），字伯和，东汉灵帝之中子。刘协自幼聪明睿智，颇受灵帝喜爱。但他生逢乱世，命运多舛。他出生不久，生母王美人就被何皇后毒害。8 岁时，灵帝驾崩，后宫再次祸起，抚养他的董太后又被鸩死。而此前，因宦官专权，朝政腐败，各地豪强疯狂兼并土地，农民大量破产逃亡，导致了黄巾军农民起义。在对农民起义镇压的过程中，地方豪强武装迅速膨胀发展。激烈的宫廷斗争，最终引来地方豪强势力的参与。宦官“十常侍”欲诛总揽朝政的大将军何进，何进忙联络地方豪强袁绍，策划要把宦官们一网打尽。不料事情败露，何进反被宦官张让、段珪矫诏诱杀。袁绍兵至，宦官们挟持汉少帝刘辩和时为陈留王的刘协出逃。至小平津，袁绍追兵赶上，张让投河而死，段珪被乱军所杀。汉少帝和刘协准备回京，孰知到北邙山，又被陇西豪强董卓截住。在返回洛阳后的当年（189）九月，董卓赶走袁绍，废掉少帝，扶立刘协为皇帝，史称汉献帝。

董卓生性凶恶残暴，他欺皇帝年幼，专权独断，秽乱宫闱，激起洛阳以东各地军阀的联合起兵讨伐。初平元年（190），董卓强行迁都长安，临行时将洛阳化为一片焦土。初平三年（192），司徒王允结连董卓部将吕布杀死董卓，但王允很快被董卓旧部李傕、郭汜杀害。而此时的汉献帝，亲历或目睹了国家的破乱、人民的流离，自己虽然贵为一国之君，不但不能救民于水火，甚至连自己的命运也不能掌握，因而迅速成熟起来，开始学习治理国家。初平四年（193）九月，年仅 14 岁的汉献帝“试儒生四十余人”，从中选拔贤能。十月，他亲临太学观摩典礼仪式，并按太学生成绩情况“赐博士以下各有差”。第二年春，他亲耕籍田，行天子九推之礼，以示对恢复农业生产的重视和鼓励。但天不遂人愿，从四月起大旱，加之连年风雹蝗害，地震山裂，战乱不休，使得粮价猛涨，人民相食，白骨遍野。汉献帝命侍御史侯汶开仓赈恤，但饿死的人仍然有增无减。他疑心其中有诈，遂亲自量米作粥，察知“米豆五升得糜三盂”的实情。他将结论传告百官，主赈官侯汶被杖责五十。

在当时的形势下，汉献帝是不可能完全施展自己的治国抱负的。从兴平二年（195）二月起，李傕、郭汜相攻，汉献帝被他们争来夺去，奔波不定。年底，他摆脱李、郭二人的纠缠到达安邑（今河南安阳市）。次年七月，回到故都洛阳。但此时的洛阳屡经战火，满目疮痍，居民只有数百家。因宫室烧尽，百官朝贺皆立于荆棘颓垣之间。又因各地割据，委输不至，尚书郎以下只好各自樵采，“或饥死墙壁间，或为兵士所杀”，凄惨之至。八月，汉献帝被另一军阀曹操迎立，并迁都于许（今河南许昌市）。

曹操雄才大略，不仅是卓越的政治家，而且是著名的野心家。此后，在朝中他广招贤能，遍植亲信，排挤旧臣，诛杀异党；对各地割据军阀，他“挟天子以令诸侯”，且攻无不克，战无不胜，用5年时间实现了中国北方的统一。此间，汉献帝愈来愈感到曹操的威胁。每日上朝，他见曹操擅权作威，往往如芒在背。建安五年（200），汉献帝密诏董承等几位近臣除掉曹操，不料事情败露，参与谋事者全部被夷灭三族。曹操恨犹不休，带剑上殿，缢死怀有身孕的董承之妹董妃，当面斥责汉献帝。并调心腹军士为御林军，加强对宫室的控制。自此，汉献帝完全沦为傀儡皇帝，不仅百事不得自专，纵连婚姻也不得作主。建安十八年（213），汉献帝被迫赴魏都邺迎娶曹操的三个女儿为贵人。翌年，曹操借伏完谋反，将伏皇后及其所生的两个皇子全部杀害。第三年正月，汉献帝在曹操的逼迫下，册立其中女曹节为皇后。汉献帝自知回天无术，只好得过且过，诸事不问，而曹操却由魏公加封为魏王，用天子车服銮仪。

但几年后，汉献帝的“名誉”皇帝也做不成了。建安二十五年（220）正月，曹操病死，其子曹丕，也就是刘协的小舅子，继承魏王。同年十月，在曹丕的授意下，群臣劝说汉献帝以尧舜故事禅位魏王。他虽然很不情愿，但审时度势，汉朝早已名存实亡，遂三下诏书，设坛禅位。曹丕受禅，封这个窝囊姐夫刘协为山阳公，都浊鹿城（今河南修武县五里源乡李固村），邑一万户，位在各诸侯王之上，奏事不称臣，受诏不拜，以天子车服郊祀天地，宗庙祖腊皆如汉制。并命他即日起行，前往封国山阳（其境域包括今河南焦作市山

浊鹿城遗址（西城墙）

阳区和修武县西部、北部）。

刘协做山阳公后，其事迹正史不载。但在修武一带却至今流传着他广施仁政的故事。相传，他来到浊鹿城后，稍作安顿，便离开王宫，四处巡游察看民情。当时，由于连年征战和疫病流行，劳力不足加上沉重的赋税，致使山阳田园荒芜，民不聊生。看到这些破衣烂衫、面黄肌瘦的臣民，勾起了刘协对自己过去朝不保夕的痛苦记忆，更坚定了他治理山阳的信念。第二天，他就派人四处张贴榜文，宣布以后所有赋税一概减半，垦荒种植者，免交三年赋税。消息传出，山阳百姓奔走相告，无不称颂。其后，他还经常深入民间访贫问苦，并利用自己在宫中向太医们学得的精湛医术为病人解除痛苦。行医之余则入山采药，所采之药，无偿施与，针灸、艾灸、拔罐、刮痧皆为免费，外购之药，酌收成本。修武一带有“中药不还价，针灸不要钱”之俗，此即刘协传下之千年老规矩。此外，古怀庆一带民间生子石灰围门避生人之俗，相传也和刘协有关。经过十多年的休养生息，山阳人民安居乐业，百业兴旺。空闲时，刘协喜欢到浊鹿城北的小山上登高远眺。盛夏季节，他常到国北的百家岩游玩，一边纳凉，一边观赏吼声如雷、喷珠溅玉的天门瀑布，在那里留下了“避暑台”的遗迹。

魏明帝青龙二年（234）三月，五十四岁的刘协终于告别了自己哭笑不得的人生。他的内侄，魏明帝曹睿闻讯，“素服发丧”，谥其为汉孝献皇帝。在大司空崔林的监护下，经过近半年的准备，于八月汉献帝被以天子之礼葬在浊鹿城西北十里之处（今修武县方庄镇古汉村南）。陵墓深五丈，前堂方一丈八尺，后堂方一丈五尺，角广六尺。下葬之日，由河南尹亲引丧车，三百校尉护卫，太祝进献祭品后，司空校尉覆土成陵。陵墓高二丈，周围二百步。这天，明帝在京衰服素冠，亲率群臣百官致祭，盛赞汉献帝“冠德百王，表功嵩岳”。之后，赐汉献帝陵为禅陵，令地方官划定以禅陵为中心的 135 亩大的陵园，设置正副职官员负责管护。

虽然人们心知肚明，此禅陵禅字，是对上古禅让之风的反讽，但这个充满悲剧意味的名字还是流传了下来。其实，综观中国朝代更迭，有几次和平过渡？又有几个前朝皇帝在朝代的更迭之中能够善终？汉献帝虽然活得逼仄，却能够免除刀砍绫缢、毒药攻心，死后还能被后代君王隆重祭奠，其结局也不算最坏。

其后的一千多年，虽经朝代更迭，护陵之职早已不设，但山阳人民感念刘协恩德，在古汉山上修建了山阳公祠庙，每年清明节这天，四周村庄轮流主持庙会进行祭祀。清代雍正年间，修武县知县为防不法之徒侵占陵区，重新规划了陵园四至，标刻在石柱上。顺治十五年（1658），修武县知县卜永升在县城东关设立禅陵碑。从此，每年九月九日，修武县知县都要率属官到碑下望陵遥祭。

妙乐真身舍利塔

妙乐寺塔，位于中国河南省焦作市武陟县大虹桥乡东张村，2001 年被列为第五批全国重点文物保护单位。

妙乐寺已毁，仅存寺塔，始建于唐，后周显德二年（955）重修。塔为十三级密檐叠涩式砖塔，平面呈方形，内部空心，底边长 9 米，高 34.19 米。

妙乐寺塔，又名妙乐寺真身舍利塔，位于武陟县西 8 公里北张村北。该塔为国内现存规模最大、保存最完整的五代塔之一，建于唐，后周显德二年重修，寺早已废，唯塔独存。据碑载，佛祖舍利灵骨，建宝塔一十九所，妙乐寺塔其一也，序列第十五。塔身呈方形，高 34.19 米，为 13 层叠涩式砖砌建筑，具有唐代砖塔的建筑特征。塔身自下而上每层高度均匀递减，外轮廓呈优美的抛物线形，南壁 2 ~ 13 层各一龛，内置铜佛，其余壁面，间或辟设佛龛，亦置铜佛，诸层檐翼角下，皆有木质角梁，梁头悬铁风铃，清脆悦耳之声，数里可闻。

妙乐寺塔，塔顶铁刹，由相轮、宝盖、仰月和宝珠组成，四隅各置一个蹲铁狮，分别系一个铁链牵拉铁刹。塔心室是方形，室壁是竖井形，每一层设楼板和楼梯。塔心室地平砖隙间，投入硬币能听到水声，故有塔下有井的传说，其实为塔下地宫长期积水所致。是河南省现存最大的五代砖塔。

塔二层以上南、东、西壁佛龛内置佛像，计 17 尊，两铁佛，其余为玉佛。妙乐寺塔整体设计、砌作工艺及建材质量均属上乘，千余年来，虽历地震、洪水等各种自然灾害，但塔体及木结构保存完好。塔顶上长有两株木槿树，明赵贞吉过妙乐塔有诗云：“洪流千古意，孤塔往来心。寂寂留双槿，花开不计春。”

镇河建筑锁水阁

孟州市东南4公里大定办事处北开仪村南的大堤南有一座方形砖石结构的高大建筑，当地人称锁水阁或文峻阁，一阁两名。民国《孟县志》载："锁水阁在城东南四里（实应为八里，志记有误），开仪村。"锁水阁和文峻阁原为两座建筑。民国《孟县志》又载："锁水阁在城东5里海头村；文峻阁在城东南4里开仪村。"相传二阁为明代崇祯年间邑令李希撰建造。

位于海头村南的"锁水阁"，是李知县修建的镇水之物，用意是锁住黄河水不使其泛滥成灾。位于北开仪村的称文峻阁，是李知县听从方士之言，在县东南方建文昌阁以开孟县文风，文峻阁是为儒士学子心目中主宰文章兴衰的神——魁星而建的。

李希撰修造"锁水阁"的用意是锁住黄河水不使其泛滥成患，却事与愿违，黄河连年泛滥，仅仅百年之后，清乾隆三十年（1765），黄河就在河头村破堤而出，汹涌的河水如脱缰的野马，所到之处房倒屋塌，良田被湮，百姓流离失所，原本用来镇压黄河水的"锁水阁"也在咆哮的河水冲击之下轰然倒塌，文峻阁也未能幸免。道光十四年（1834），孟县知县徐勋在开仪村选址再建"锁水阁"，将"锁水阁"和"文峻阁"合二为一，上题"锁水阁"，下题"文峻阁"。但仅仅过了7年，也就是道光二十一年（1841），黄河水再次在南开仪村决口，逆蟒河河道北进，脆弱的蟒河河堤怎么能抵挡住黄河滔天洪水的冲刷，所到之处河堤全部垮掉，海头、北开仪、孟港、新城、田寺、桑坡等村，全部成了汪洋。锁水阁再次没能锁住洪水，而被洪水冲垮。民间留下了这样的民谣："两河并一河，先打'锁水阁'。撤了化工村，桑坡走黄河。"

黄河连年的泛滥，小小的孟县无能为力，思来想去，还得请求神灵庇护，一次不行，两次，两次不行，三次。清同治十二年（1873），孟县知县姚诗雅再次想到修建镇河之物的方法来祈求河神，于是决定在原锁水阁的遗址上三修“锁水阁”，并派专人管理，将锁水阁周边约12亩土地划归桃潭书院管辖，作为书院的学田，收取地租，以助书院资费。“锁水阁”在承继原有信仰和功能的同时，也成为书院的楼阁亭台，有了书卷之气。

现存锁水阁为方形，坐北向南，高约30米，边长约3.3米，青砖砌成，间夹以青石，共三层，顶部建筑物几年前损坏。正面上下各有砖券拱门一个，上下楣各横嵌青石碑一块，各阴刻有三个大字，字体约30厘米，苍劲隽拔，洒脱大方。上方的石碑上为楷书“文峻阁”，下面的石碑上为篆书“锁水阁”。背部第三层有砖券长方门窗，间含正方小木棂，东西两厢中上层各有砖券门窗，内含斜方小孔木棂。阁内用木板分为三层，设有木楼梯可攀，远眺黄河，颇具气势。

当地人介绍：民国初年，阁顶尚存，亭堂式建筑，朱脊绿瓦，四条垂脊向中心集成一座鎏金宝顶，直冲云天，蔚为壮观。其东西各嵌有彩陶雕塑壁画，东为“岳飞大战金兀术”，西为“秦桧跪罪”，雕刻精美，栩栩如生，惟妙惟肖。四角各悬一铜铃，细风轻吹，叮咚声声。阁门前方有照壁，高五尺，宽六尺，厚一尺有八，上压青石条一块，可躺一人小栖，间系砖垒透好窗，窥览沙滩，银光点点，照壁前有青石台阶，凡三十级，可步上下。阁围用青砖砌高台，青石嵌边，约三丈见方，台上四周为巨石栏杆，造工甚为古朴典雅，栏杆之下，深凹若谷，谷岸绿柳依依，时人称谓“文阁垂荫”，为古河阳八景之一。抗日战争时期，侵华日军占领黄河北岸制高点“锁水阁”，改建为炮楼，成为封锁黄河北岸渡口的重要据点之一。“锁水阁”上的壁画遭到破坏，阁顶建筑也不知什么时间倒塌。阁顶建筑也曾数次复建，但由于多种原因，未能保存下来。

锁水阁高大挺拔，方正独特，古朴典雅大方，北依大堤，南望黄河，气势宏伟，保留了明、清两代的建筑艺术特色，具有较高的文物价值和艺术价值。

怀川诸多大王庙

明清以后，黄河水神的形象不再是龙王一统天下。在沿河居民、渔夫、船工、治河官员与河工中，普遍崇信由治水有功者转变的“大王”。焦作黄沁河沿线重要堤防与渡口处多有大王庙，黄沁河交汇处的武陟县尤其多。

清康熙末年，黄河多次在武陟境内决口。雍正元年（1723），又决马营口，洪水直逼京津，成为清王朝的心腹之患。为治黄安民，雍正皇帝派众多官员到武陟堵口、筑坝。堵口成功后，雍正帝敕命于堵口处建造龙王庙宇。雍正二年（1724）九月初二日，皇帝御笔亲书碑文刻于庙内铜碑，内称：“特命河臣于武陟建造淮黄诸河龙王庙。”雍正三年（1725）元月二十四日，庙宇建成，河臣齐苏勒请求为神像开光。然而，齐苏勒请求开光的主神并不是人们熟知的龙王，而是“金龙四大王”。这座金龙四大王的庙宇后来又被赐名“嘉应观”。

万里黄河第一观——嘉应观

据清末《敕封大王将军纪略》记载，“金龙四大王”谢绪是地位最高、最早受到敕封的一位“大王”。谢绪本是南宋会稽金龙山人，元军攻入临安后，他愤然投江。传说朱元璋率军与元军决战，谢绪显圣，令黄河水倒流，帮助朱元璋大获全胜。明朝建立后，朱元璋敕封谢绪为“金龙四大王”，又封他为黄河水神。明清之际，每当黄河出现险情，皇帝便加封谢绪，至清代末年，谢绪的封号被加至44字，远远超出了至圣先师孔子的封号。

明万历十八年（1590）前，武陟莲花池一直是沁河险段。此处的大王庙，据道光年间《武陟县志》：“金龙大王庙，在莲花池堤上，明万历庚寅年奉敕建，国朝康熙四十七年知县刘廷用重修。”另据清康熙四十六年（1707）所立政济桥碑文：“沁桥之设，由来旧矣，往者桥在木栾店稍南，势属顶冲，每遇伏涨，辄以塌告，今移大王庙前……”

武陟西大原村堤脚旧时有大王庙，现存清嘉庆八年（1803）六月所立碑石上说，庙内供奉的是黄大王、谢大王。黄大王本名黄守才，河南偃师人，明万历三十一年（1603）腊月十四日出生。他自幼失去父母，跟随当船夫的舅舅长大。他天资聪颖，思维敏捷，曾潜心研读历代治水方略。黄守才一生中的主要事迹是治水济民。清顺治元年（1644）黄河封丘段金龙口决口，粮道淤塞，黄守才被请去主持堵口，三天后使河水归入故道。黄守才去世后，先是民间为他修筑庙宇，清乾隆皇帝封黄守才为“灵佑襄济王”并祀“金龙四大王”。从此，黄守才就被百姓称为“黄大王”。

武陟木栾店文星街正对的沁河堤半坡，旧时也有大王庙。庙内神像下有深井，将树叶、鸡毛丢到井里，能听到当啷啷的响声。遇沁河涨水，庙里就有小蛇出现，人们都说是龙王显灵了。如今庙已不存，遗留有一通过石碑，通高1.27米，宽0.59米，厚0.18米。上部篆刻：

“烜赫云长，天心炎嗣，鸿毛厥生，泰山其义，既显香略，未酬香志，英风千载，崇祀百世。”下为阴线金笔刀法单线条刻关羽像，碑阴刻小斧劈皴山水图。文图作者均为周万书。碑侧刻捐款人姓名，落款为明万历三十四年。

武陟詹店村在清雍正以前是黄河堤防起点，村外堤脚下有一座大王庙，庙内所存道光二十二年（1842）碑刻上记载有地方与河道官员集资建庙的情况；黄沁河交汇处的姚旗营村大王庙始建年代不明，供奉谢绪、黄守才、朱之锡、栗毓美等四位大王。

朱之锡顺治十四年（1657）以兵部尚书衔出任河道总督，顺治十五年（1658）山阳（今淮安）境内柴沟、建义、马逻诸堤并溢，他驰赴清江浦筑堤堵口。康熙元年（1662）黄河秋汛发生一次大洪水，河决原武、兰阳、祥符及曹县石香炉，泛溢严重。朱之锡除饬济宁道方兆及堵筑石香炉口门外，亲至河南境堵塞西阎寨、单家寨、时和驿、蔡家楼、策家寨诸口。他还多次上疏对黄河岁修夫役、料物筹措、修守制度、河员职责和运河的管理运用等问题提出了改进措施，并付诸实施，对整治河运有不少建树。康熙五年（1666）朱之锡病逝，徐、兖、扬、淮一带群众称颂他的惠政，把他视为“河神”。乾隆四十五年（1780），皇帝南巡河工时，追封朱之锡为助顺永宁侯，春秋祀祭，民间称之为“朱大王”。

栗毓美是山西浑源县人，道光十五年（1835）任河南山东河道总督，主持豫、鲁两省河务。当年秋天，黄河北岸原武、阳武两汛串沟分溜，刷成支河，沿堤上下 40 余里，处处吃紧，险情严重，栗毓美亲到工地指挥抢险。这一带堤防，原不靠河，平时未备工料，若用秸埽抢护，堤段太长，不可能全线厢修。鉴于当时滩地民房被淹浸塌，房砖颇多，认为砖与石相仿，故决定收买当地民砖，试抛砖坝抢护，计自阳武板张庄至孙家堤 30 多里的堤段，经 40 个昼夜抢修，共筑长短砖坝 60 余道，从而挑溜外移，化险为夷。道光十六年（1836）二月阳武三堡串沟过溜，逼近堤根，串沟宽一百二十余丈，深一至二丈，亦采用砖坝截堵串沟，不久淤为平地，效用显著。栗毓美于道光二十年（1840）病逝任内，任河督虽仅五年，治绩卓著，死后道光皇帝向近臣说：“栗毓美办事实心，连年节省帑金数十万，一旦病故，诚为可惜。”

后人为了纪念他，为他修建了祠庙，拜他为“河神”，称为“栗大王”。

武陟县城西北约10公里的沁河北岸有个大樊老口门，清嘉庆二十六年（1821）、同治七年（1868）、光绪三十二年（1906）沁河多次在此决口。据当地人讲，大樊村东靠河堤有个大土岗，是过去堵口留下的。岗上有个河神庙，庙里头的石碑记的是顺治十四年（1657）修沁河堤的事；村西靠河有一道旱坝，堤后也有个河神庙，也是过去的老口门；村南是个大口门，1949年堵口后留下个磨盘坝，上头有一棵大柳树，树下也有个河神庙。

孟州西南元代修有小金堤，是黄河屡决之地，清乾隆二十六年（1761）“大水淹没田禾无算，城南小金堤陆续塌没”。嘉庆十九年（1814）又修新小金堤。堤脚外也有一座大王庙，门额上悬挂的“总理江河”的日期为清道光九年（1829）。

在传承过程中，“金龙四大王”的神性从保安澜、护国家，进而发展成为商业神、平安神等，不少地方将其与关公并祭。

博爱县城内的大王庙，创建于明代嘉靖四十年（1561）。据碑文记载，山西临汾商人刘尚科在苏湖运货返回时，遇到大风浪，遂念诵大王经卷，祈求保佑，乃得到平安。为感谢大王神恩，他与同乡二百多名晋商集资修建了这座大王庙，当地的百余名商人闻之，也纷纷捐资共襄盛举。

博爱县城内的大王庙

清帝恩威说“御坝”

武陟黄河堤防，现有一石碑，上书“御坝”二字，相传为清雍正皇帝亲笔。说起“御坝”的由来，还得从康熙末年马营决口、堵口、筑堤说起。

黄河在沁河口以下至詹店约 18 里，原来没有堤防。康熙六十年（1721）八月，河决武陟马营口，水入张秋，淤塞运河粮道，震惊朝野。朝廷重臣、河道与地方官员云集武陟共议堵口。大家正忙着在李先锋庄筑坝，钦差左副都御史牛钮、侍讲齐苏勒、员外郎马泰赶来，传达了康熙帝的旨意：在钉船帮支河口建拦河坝，挑水南行后再堵决口。

清代黄河堵口形成了一套成熟的技术，康熙帝对堵口颇有研究，康熙二十三年（1684）十月第一次南巡时，还视察过武陟黄河险工段。牛钮来之前，康熙帝亲自绘制了堵口筑堤的图纸，当面向牛钮交代筑坝、开挖引河等技术事项，并说武陟堵口是当时第一紧要之事。牛钮长期管理北运河，娴熟河务，按照康熙帝的指示，在河南巡抚杨宗义组织料物配合下，一举将钉船帮大坝抢修成功，马营决口顺利堵复。

参加这次堵口的还有随同尚书张

鹏翮前来的陈鹏年。陈鹏年查看决口现场后，提出了开引河的建议，这一建议与康熙帝的思路完全一致。河道总督赵世显却议而不决、备料不及时。康熙帝当即罢免赵世显，命陈鹏年代理河道总督。

第二年（1722）正月，马营凌汛再次决口。牛钮和杨宗义在钉船帮大坝的下首，组织修建新的大坝——秦家厂大坝。同时，在陈鹏年主持下，在黄河对岸王家沟开挖引河。引河放水后，马营堤防得到了保障。但进入伏汛后，黄、沁河并涨，秦家厂大坝四堵四决，陈鹏年积劳成疾，仍日夜在一线督工，雍正元年（1723）正月堵口成功后，陈鹏年累死在堵口工地。雍正帝称其为“鞠躬尽瘁、死而后已之臣”。

在修筑秦家厂大坝之前，牛钮、齐苏勒就提议从沁河口至詹家店修建十八里遥堤束水攻沙，遭到河南巡抚杨宗义的反对，陈鹏年也不赞成。雍正元年正月，齐苏勒任河道总督，杨宗义因屡有过失，被准予丁忧，河南巡抚由牟钦之代理。齐苏勒上任后，报雍正帝批准，开始修筑十八里遥堤，并加固钉船帮大坝和秦家厂大坝。雍正帝曾将齐苏勒与隆科多、年羹尧相比，认为其才能远在二人之上，非常器重他，专门下旨让牟钦之在财物上全力支持齐苏勒筑堤。

马营决口两年多，黄河原有河道只有四分水，淤塞严重。堵口后全河尽归正河，致使两岸堤防险象环生。雍正元年六月二十二日，黄河在武陟发生11处漫溢。先代替牟钦之任河南巡抚，又改任河道副总督的嵇曾筠将险情上报了朝廷。

张鹏翮几乎担任过清王朝从统一走向鼎盛时期内政、外交的各种重要职务，具有非凡的才能和高尚的品格。他担任过河道总督，在治理黄河方面有杰出成就。雍正元年七月他奉旨来到武陟，会同齐苏勒、嵇曾筠和河南巡抚石文焯，当月就排除了武陟堤防险情，然后全面筹划了武陟堤防体系。当年秋汛后掀起了武陟筑堤的高潮，这些堤防有十来项之多，全部于雍正二年（1724）汛前完工，武陟黄河堤防体系由此趋于完善。

整个堤防体系建设的内容是嵇曾筠上报的，不知何故漏了钉船帮大坝，只提议将秦家厂大坝北尾堤接至遥堤。雍正帝及时指出了这个失误：“钉船

沁河堤至詹店黄河堤防示意图

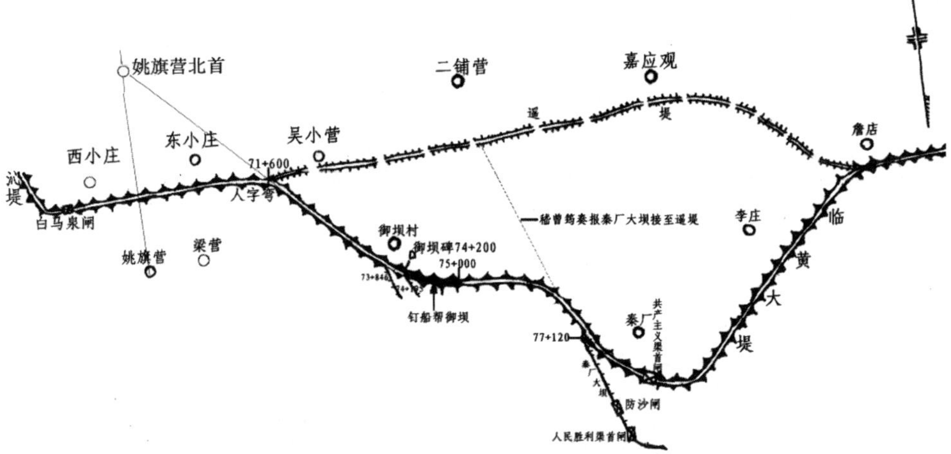

帮挑水坝既应保固，即当从此坝尾接至遥堤，若从秦家厂北坝尾接至遥堤，恐其兜水……”并称“第一要紧者此处工程也”。嵇曾筠赶忙修改堤防建设计划，并在奏折中称钉船帮大坝为“御坝”。

修改后的计划，突出了对“钉船帮御坝”的保护，并立了“御坝”碑。乾隆十一年（1746）秋，黄河水涨，“御坝”几危，总河完颜伟督率员相机堵筑，工程得以巩固。“御坝”与当年修建的格堤，现在都成为临黄大堤的一部分，两道挑水坝现在已被改建成了两座防洪坝。

在武陟“御坝”出现之前，黄淮交汇处就有一处“御坝”。那是康熙帝第三次南巡时，要求时任河道总督的张鹏翮建设的清口大坝。康熙帝还在工地亲自立桩，指挥民工操作，工程建成后被地方称为“御坝”。武陟御坝堪称其“兄弟坝”。

丹河引水九道堰

丹河，又叫杨谷河，古称源泽水、泫水、丹水，发源于山西省高平县赵庄丹珠岭。《竹书纪年》记载："晋出公五年，丹水三日绝不流。"《山海经》说："沁水之东有林焉，名曰丹林，丹水出焉。"《汉书·地理志》记载："高都莞谷，丹水所出，东南入泫水。"流经高平、泽州、陵川，在河南省博爱县留村注入沁河。

丹河之患

历史上丹河曾多次发生大洪水。元至元三年（1266）七月"丹沁二河泛涨，湮没人畜房舍田禾甚众，民皆栖于树"。明成化十八年（1482）晋东南地区发生大洪水，丹河上游高平县"夏六月丁未大水……城廓几为荡没"。怀庆府城"决堤毁城，摧房垣，漂人畜不可胜计"。清乾隆二十六年（1761）七月，怀庆府大雨连日，丹河、沁河等暴涨，房舍、人畜淹没数以万计。道光二十六年（1846）丹河发生4770立方米每秒大洪水。光绪二十一年（1895），丹沁流域又遇百年来最大洪水，沁河、丹河于八月八日同时出现洪峰，丹河达到3450立方米每秒，历时七天。1954年，丹河还发生过1880立方米每秒的大洪水。

为抵御洪水灾害，古人采用了分流疏导的方法，让丹河分流入沁，将多余之水一直送到清水、卫河。同时，还采用"竹笼装石"的方法堵住溢出之水，使丹河安流。

丹河灌溉

丹河流域水量丰沛，引丹灌溉起源于秦汉。据《后汉书·安帝纪》记载，东汉时朝廷诏令河内郡：“修理旧渠，通利水道，以溉公私田畴。”据《水经注》记载，丹水出太行山后向东引水分流出光沟水，再分流出界沟水，再分流出长明沟水，最后向东融入卫河流域。曹魏在野王置典农中郎将，修建沁丹河灌溉枢纽。《魏书》记载，北魏孝文帝时，怀州刺史沈文秀疏通河道“大兴水田，于公私颇有利益”。唐广德元年（763）怀州刺史杨承仙“浚决古沟，引丹水以溉田，田之汙莱遂为沃野”。“分沟灌溉，百姓资其利焉”。唐大中年间在修武县新开一渠，引丹水向清水分流，使得丹水以东地区水利更为发达，使丹沁流域灌溉面积达到 2.3 万公顷。元代时期，怀庆路同知阿合马曾讲：“近访问耆老，咸称丹水浇灌山田，居民深得其利。”

丹河九道堰

九道堰是古人在丹河出山口修筑的无坝型水利枢纽工程。该工程一方面为小丹河提供水源济卫通航，另一方面为丹河下游丹沁灌区供水。据乾隆《怀庆府志》记载，丹河“由方山入境，出山东南流二十五里为九道堰，分二十三渠。堰之东北，一水东出，为小丹河”。所谓九道堰，就是在丹河主干河上利用“竹笼装石”堵塞河道的方法，砌成九道分水堤堰，使河水沿着规划的河道两侧引水灌溉农田。

九道堰起始时间不详，但在丹河上筑堰引水相传起自秦汉，唐宋以后堰水引至光沟向御河补水，最终形成九堰引水。明清时期，官方对九道堰及两岸灌区进行大规模整修，清代河南巡抚阎兴邦还主持修建分水池，增大丹水灌田面积。九道堰渠由石浆河、上秦河、中寺河、三步河、百步河、大太保河、小太保河、万江郭河、张记河等组成，九堰的两岸再引出支渠，形成支脉分流、河渠交错的北方江南景象。

清政府为调解引丹济漕与民间引丹灌田之间的矛盾，对九道堰进行了严格的管理，制定了“三日放水济漕，一日塞口灌田”等一系列制度，保证了丹水充分合理地利用。

水碓 水磨

水碓、水磨是古人利用河流上下游落差所产生的水力设置的生产工具，主要用来加工小麦、稻米等粮食。

丹河水磨，又称水打磨。其设置方法为：“临河挖洞丈余，修引渠接丹河之水，利用水的落差，冲击水轮带动水磨转动。”丹河水磨分为柴磨和面磨两种。柴磨能将木柴磨制成香粉，作为民间制作祭祀用香的原料；面磨用来加工小麦面粉。

东汉时期，古代河内地区就有用水碓加工粮食的记录。《晋书》记载河内郡界“多公主水碓，遏塞流水，转为浸害”。说明当时水碓等水力加工多为达官贵人拥有。宋代《太平御览》记载朝廷曾下令“洛阳百里内，旧不得作水碓”。

唐宋时期，水碓、水磨成为平民百姓生活和谋利的工具，丹河沿岸水磨加工业日渐发达。明清时期丹河流域豫、晋两地的水磨数量相当惊人，分布极其广泛。明人王世贞在《适晋纪行》中说：“渡清河，田禾盖茂，嘉树蓊郁，居人引泉水为长沟以灌，有水碓、水磨之属。”清乾隆帝在《清化镇》中说：“清化近覃怀，沟渠引丹水……就溪翻水碓，碾出长腰米。”

人杰地灵

垂柳

[唐]李商隐

娉婷小苑中，婀娜曲池东。

朝佩皆垂地，仙衣尽带风。

七贤宁占竹，三品且饶松。

肠断灵和殿，先皇玉座空。

文武兼备司马懿

历史往往有惊人的相似之处。曹操挟天子以令诸侯，统一了北方，形成了曹氏集团，使东汉政权名存实亡，而将篡汉建魏的仪式留给儿子曹丕去举行。后来，司马氏以其人之道还治其人之身，如法炮制，废魏建晋。其总设计师和奠基人就是谋略家司马懿。

司马懿（179—251），字仲达，河内温县（今温县西）人，出身于高级士族，博学多闻，少有奇节，多谋略，善权变，年轻时为时人所重。建安二年（197），曹操欲召为幕僚，司马懿看到汉运衰微，辅之无益，加上看不起出身卑贱的曹操，所以不愿做曹家的官吏，就自称得了风瘫病，不能应召。

一个二十刚出头的年轻人，怎么会得这种怪病？曹操将信将疑，就派刺客去察验。司马懿面对刺客的尖刀，心里十分清楚：此时此刻，避死则速死，不避则无恙。于是他坚卧不动，好像真是欲动不能的风瘫病人。刺客见状，果然收刀而去，司马懿得免一死。后来，曹操又派人召他做幕僚，并授意使者说："如果司马懿不肯应召，就当场把他逮起来。"司马懿怕被杀，只好出来就职。

在曹操幕中，他通过观察，渐渐改变了对曹操的看法。于是，"每有大谋，辄有奇策"，逐渐成为曹操的重要谋士，给曹操提出了不少重要建议。他曾对曹操说："军国大计，以食为首，我军二十余万，军粮是个大事。取之民间，不如且耕且守，屯田自给。"曹操接受建议，在民屯之外，又搞军屯，结果军粮充足，国库丰盈。关羽水淹于禁等七军之后，又进围曹仁，曹操担心许都离敌太近，想迁都北方，避敌锋芒。司马懿进谏说：于禁等军虽败，国家元气未受大损，若轻易迁都，一则示敌以弱，二则人心摇动，于国不利。孙刘两家外亲内疏，可行离间，使之相斗，我们则可坐观成败，从长计议。曹操依计而行，孙刘果然结怨，关羽被孙权部将吕蒙所杀。曹操乘机调整部署，稳定了局势。

曹操死后，司马懿成为魏国唯一的大谋略家。魏明帝在位时，司马懿率领大军对抗诸葛亮。诸葛亮六出祁山没有大的收获，终于在公元 234 年病死于五丈原。司马懿还远征辽东，平定了辽东太守公孙渊的叛乱。军事上的成就，使他成为魏国最有声望的大臣。魏明帝临死，委托曹爽、司马懿共同辅佐幼主曹芳。

曹爽才干和经验都远不及司马懿，但他与司马懿同为顾命大臣，又兄弟皆掌禁军，也就成为司马懿最大的政敌和障碍了。公元 247 年 5 月，双方矛盾激化，司马懿故伎重演，托病不出，不与政事。曹爽疑他有诈，便派亲信李胜以将赴外任特来辞行的名义察看虚实。

司马懿见李胜来，马上明白了来意，便让两个奴婢扶他坐起来，给他披上衣服，连衣服滑下来都不知道，只是指指嘴，表示口渴。奴婢端来稀粥，司马懿连杯子都不会端。奴婢喂他，粥顺着嘴角流出来，直流到胸前。李胜问他的疾病，他上气不接下气地说："我年老病重，死在旦夕。我死之后，儿子司马师、司马昭，就请你多费心照料了。"李胜回去对曹爽说："司马懿尸居余气，形神已离，不值得忧虑了。"从此，曹爽对司马懿不再戒备了。

公元 249 年正月，齐王曹芳拜谒高平陵的魏明帝之墓，曹爽兄弟都随从前往。司马懿看时机已经成熟，便立即发动了兵变。他布置长子司马师率军占领城内要地司马门等处，自己带兵包围了王宫，胁迫永宁太后下旨免去曹爽兄弟的军权。接着借用司徒高柔的符节，接管了曹爽兄弟的队伍。控制城内局势以后，司马懿与太尉蒋济等人率兵迎驾，到洛水浮桥上见到了齐王。司马懿奏称："曹爽兄弟并掌禁军，图谋不轨，我已启奏太后，罢去职务，接管了他们的队伍。"

齐王曹芳早已成为傀儡，此时也没了主意。于是司马懿便以朝廷名义，将曹爽兄弟及其亲信全部杀死。后来，他又各个击破，相继除掉了贾逵、王棱等政敌。司马懿自任相国，子孙封侯者达十九人，门生故吏也各居要职，使曹魏朝廷名存实亡。司马氏独专朝政，取而代之，只是或早或迟的事了。

后来，其孙司马炎废掉魏元帝曹奂，自称皇帝，建立晋朝，追封司马懿为宣王。

竹林七贤际遇异

《晋书》说嵇康居山阳，“所与神交者惟陈留阮籍、河内山涛，豫其流者河内向秀、沛国刘伶、籍兄子咸、琅玡王戎，遂为竹林之游，世所谓竹林七贤也”。竹林七贤大都“非汤武而薄周孔，越名教而任自然”“弃经典而尚老庄，蔑礼法而崇放达”，成为魏晋时期的一个文化符号。

竹林七贤生活在社会动荡时期，司马氏和曹氏争夺政权的斗争异常残酷，民不聊生。文人才华无法施展，时有生命之忧，故而崇尚老庄，以清谈、饮酒、佯狂等来排遣苦闷。竹林七贤是当时玄学代表，嵇康、阮籍、刘伶、阮咸始终主张老庄之学“越名教而任自然”，山涛、王戎好老庄而杂以儒术，向秀则主张名教与自然合一。

竹林七贤活动地云台山百家岩

在文章创作上，传世的多为阮籍、嵇康之作，在当时的政治环境下，他们的作品多用比兴、寄托、象征等手法。政治上，嵇康、阮籍、刘伶对司马氏集团均持不合作态度，嵇康因此被杀。山涛、王戎则是先后投靠司马氏，历任高官。向秀在嵇康被害后被迫出仕。

广陵绝响嵇叔夜

竹林七贤的核心人物嵇康为谯郡铚县人，寓居山阳（今修武），文学、玄学、音乐无不博通。嵇康娶曹操曾孙女长乐亭主为妻，对司马昭采取不合作态度，受钟会陷害致死。临刑，嵇康索琴奏《广陵散》一曲，曲毕，曰："昔袁孝尼尝从吾学广陵散，吾每靳固之，广陵散于今绝矣！"从容赴死。有趣的是，嵇康罪名之一为《与山巨源绝交书》，但其临刑前安排儿女投靠山涛。

肆意畅饮阮步兵

阮籍是陈留尉氏人，是建安七子之一阮瑀的儿子。阮籍是"正始之音"的代表，其《咏怀》八十二首用比兴、象征、寄托等手法，借古讽今，寄寓情怀，形成了一种"悲愤哀怨，隐晦曲折"的诗风。阮籍谈玄嗜酒，"闻步兵厨营人善酿，有贮酒三百斛，乃求为步兵校尉"。为躲避司马昭联姻之请曾大醉 60 天。

身名俱泰山巨源

山涛字巨源，河内怀县西小虹村人。竹林七贤中山涛年龄最长，但其四十岁才入仕。初次为官时间极短，到曹魏正始八年（247）就开始同嵇康、阮籍同做竹林之游。几年后，山涛二次入仕，这主要得益于山涛的堂姑奶奶山夫人，山夫人的女儿张春华就是司马懿的原配妻子、司马师和司马昭的生母。山涛此后 30 多年的官场生活，为晋朝选贤任能，对自己约束甚严，官至吏部尚书，成为晋王朝的开国功臣。

山涛本质上不是一个浪漫的文学家或忘情的政治家，而是一个拘守世俗礼法的君子。政治上的远识使他在斗争最激烈时避世远遁，他与竹林七贤的关系正如嵇康《与山巨源绝交书》中所说："偶与足下相知耳。"但嵇康去世后，山涛收留其子女，而且推荐其子嵇绍做了秘书丞。

山涛卒于太康四年（283），家中仅余房屋十间。其长子山该官至左卫将军；少子山简官至尚书，后调任征南将军镇守襄阳。山涛的孙子山遐做过东阳太守。万历《武陟志》载："晋山巨源墓在县西二十里小虹桥村，子该、简墓稍前并列，弘治中建祠祀之。"

儒道合一向子期

向秀字子期，河内怀县向村（今武陟县西尚村）人。官至黄门侍郎、散骑常侍。向秀《思旧赋》说："余与嵇康吕安居止接近，其人并有不羁之才，嵇意远而疏，吕心旷而放。"可见三人关系密切，但向秀有儒道调和的思想，其所作《难养生论》与嵇康所持之自然观截然不同。向秀为《庄子》作注受到嵇康、吕安嘲笑，但完成后二人给予一致的赞扬。嵇康、吕安遇难后，向秀被举荐为官，在洛阳司马昭问他："闻君有箕山之志，何以在此？"向秀答："巢许狷介之士，不足多慕。"令司马昭大为感慨。

嵇康、阮籍是竹林七贤的灵魂人物，他们是真名士真风流，最能体现俊朗飘逸、桀骜不驯的魏晋风骨；阮咸、刘伶之放荡近乎颓废，属于问题人物；七人中最庸俗的是王戎，于名于利均看不破。《世说新语》说："王戎有好李，卖之恐人得其种，恒钻其核。"向秀、山涛是七贤中家在本土的两人，他们既有超脱的一面，也有世俗的一面。向往真名士，但行动中更近儒家风范。

在怀川这片文化沃土上，有太多故事值得我们去述说，去回味。嵇康善鼓琴悠然，阮籍穷途之哭骇然，刘伶嗜酒不羁醉然……虽然他们不都是怀川人，但怀川的梧桐树引来凤凰栖，"竹林七贤"将历史的风云和个人的情怀全部留在了古山阳城的那片竹林。

百代文宗韩愈

韩愈（768—824），唐代文学家、哲学家，字退之，河南河阳（今孟县）人，郡望昌黎，世称韩昌黎。因官吏部侍郎，又称韩吏部。谥号“文”，又称韩文公。

生平

他三岁而孤，受兄嫂抚育，早年流离困顿，有读书经世之志。20 岁赴长安考进士，三试不第。25 ～ 35 岁，他先中进士，三试博学鸿词科不成，

赴汴州董晋、徐州张建封两节度使幕府任职。后回京任四门博士。36 ~ 49 岁，任监察御史，因论天旱人饥状，请减免赋税，贬阳山令。宪宗时北归，为国子博士，累官至太子右庶子。但不得志。50 ~ 57 岁，先从裴度征吴元济，后迁刑部侍郎。因谏迎佛骨，贬潮州刺史，移袁州，不久回朝，历国子祭酒、兵部侍郎、吏部侍郎、京兆尹等职。政治上较有作为。

思想

思想渊源于儒家，但亦有离经叛道之言。他以儒家正统自居，反对佛教的清净寂灭、神权迷信，但又相信天命鬼神；他盛赞孟子，辟排杨朱、墨子，认为杨、墨偏废正道，却又主张孔墨相用；他提倡宗孔氏，贵王道，贱霸道，而又推崇管仲、商鞅的事功。他抨击二王集团的改革，但在反对藩镇割据、宦官专权等主要问题上，与二王的主张并无二致。这些复杂矛盾的现象，在其作品中都有反映。

文学主张与创作

创作理论上，他认为道（仁义）是目的和内容，文是手段和形式，强调文以载道，文道合一，以道为主。提倡学习先秦两汉古文，并博取兼资庄周、屈原、司马迁、司马相如、扬雄诸家作品。主张学古要在继承的基础上创新，坚持“词必己出”“陈言务去”。重视作家的道德修养，提出养气论，气盛则言之短长与声之高下者皆宜（《答李翊书》）。提出“不平则鸣”的论点。认为作者对现实的不平情绪是深化作品思想的原因。

在作品风格方面，他强调“奇”，以奇诡为善。韩愈的散文、诗歌创作，实现了自己的理论。其赋、诗、论、说、传、记、颂、赞、书、序、哀辞、祭文、碑志、状、表、杂文等各种体裁的作品，均有卓越的成就。

论说文在韩文中占有重要的地位。以尊儒反佛为主要内容的中、长篇，有《原道》《论佛骨表》《原性》《师说》等，它们大都格局严整，层次分明。嘲讽社会现状的杂文，短篇如《杂说》《获麟解》，比喻巧妙，寄慨深远；长篇如《送穷文》《进学解》，运用问答形式，笔触幽默，构思奇特，锋芒毕露。论述文学思想和写作经验的，体裁多样，文笔多变，形象奇幻，理论精湛。

叙事文在韩文中比重较大。学习儒家经书的，如《平淮西碑》，用《尚书》和《雅》、《颂》体裁，篇幅宏大，语句奇重，酣畅淋漓；《画记》直叙众多人物，写法脱化于《尚书·顾命》《周礼·考工记·梓人职》。继承《史记》历史散文传统的，如名篇《张中丞传后叙》，融叙事、议论、抒情于一炉。学《史记》《汉书》，描绘人物生动奇特而不用议论的，如《试大理评事王君墓志铭》《清河张君墓志铭》等。记文学挚友，能突出不同作家特色的，如《柳子厚墓志铭》《南阳樊绍述墓志铭》《贞曜先生墓志铭》等。但在大量墓碑和墓志铭中，韩愈也有些“谀墓”之作，当时已受讥斥。抒情文中的祭文，一类写骨肉深情，用散文形式，突破四言押韵常规，如《祭十二郎文》；一类写朋友交谊和患难生活，四言押韵，如《祭河南张员外文》《祭柳子厚文》。此外，书信如《与孟东野书》、赠序如《送杨少尹序》等，也都是具有一定感染力的佳作。

韩愈另有一些散文，如《毛颖传》《石鼎联句诗序》之类，完全出于虚构，接近传奇小说。韩愈散文气势充沛，纵横开阖，奇偶交错，巧譬善喻；或诡谲，或严正，艺术特色多样化；扫荡了六朝以来柔靡骈俪的文风。他善于扬弃前人语言，提炼当时的口语，如“蝇营狗苟”（《送穷文》）、“同工异曲”“俱收并蓄”（《进学解》）等新颖词语，韩文中较多。他主张“文从字顺”，创造了一种在口语基础上提炼出来的书面散文语言，扩大了文言文体的表达功能。但他也有一种佶屈聱牙的文句。自谓“不可时施，只以自嬉”（《送穷文》），对后世有一定影响。

韩愈也是诗歌名家，艺术特色以奇特雄伟、光怪陆离为主。如《陆浑山火和皇甫用其韵》《月蚀诗效玉川子作》等怪怪奇奇，内容深刻；《南山诗》《岳阳楼别窦司直》《孟东野失子》等，境界雄奇。但韩诗在求奇中往往流于填砌生字僻语、押险韵。韩愈也有一类朴素无华、本色自然的诗。韩诗古体工而近体少，但律诗、绝句亦有佳篇。如七律《左迁至蓝关示侄孙湘》《答张十一功曹》《题驿梁》，七绝《次潼关先寄张十二阁老》《题楚昭王庙》等。

后人对韩愈评价颇高，尊他为唐宋八大家之首。杜牧把韩文与杜诗并列，称为“杜诗韩笔”；苏轼称他“文起八代之衰”。韩柳倡导的古文运动，开辟了唐以来古文的发展道路。韩诗力求新奇，重气势，有独创之功。韩愈以文为诗，把新的古文语言、章法、技巧引入诗坛，增强了诗的表达功能，扩大了诗的领域，纠正了大历（766—780）以来的平庸诗风，但也带来了讲才学、发议论、追求险怪等不良风气，尤其是以议论为诗，甚至通篇议论，把诗歌写成押韵的理论，对宋代以后的诗歌产生了不良影响。

缠绵悱恻李商隐

李商隐（813—858），字义山，号玉溪生，又号樊南生，唐怀州河内（今沁阳）人。祖父迁居郑州荥阳，李商隐生于其父做获嘉县令任所，3岁随父居浙江，度过6个春秋，10岁时，其父病故，随母返回故乡。自述当时境况为:“四海无可归之地，九族无可依之亲。”从叔李某，不从禄仕，商隐与弟此后数年由从叔“亲授经典，教为文章”。15岁学仙玉阳，16岁著《才论》《圣论》两篇古文，颇有声望。

唐文宗大和四年（830），18岁的李商隐，因才学出众，受天平军节度使令狐楚赏识，被聘入为巡官，曾以擅长奏章，驰名当时。大和六年（832）二月，令狐楚任太原尹、北都留守、河东节度使，李商隐又随至太原。

大和七年（833），李商隐第一次赴京应举而落选，被华州（今陕西华县）刺史崔戎聘为幕僚。大和八年（834）三月，崔戎调任兖海观察使，李商隐又随至兖州，不久崔戎因病去世，商隐又返回故乡。在此期间，他曾到王屋山学道，经常来往于长安、洛阳之间。大和九年（835年）应进士考，仍不及第。同年“甘露之变”爆发，事后，他写了《有感三首》《重有感》等诗，对宦官乱政予以抨击。

唐文宗开成元年（836）四月，令狐楚调任兴元（今汉中）尹、山南西道节度使后，又聘李商隐入幕。开成二年（837），李商隐经令狐绹举荐，考中进士，但并未得到官职。同年，令狐楚死于任上。李商隐于年底随其灵柩回长安途中，亲眼看到农村的凋敝和农民的贫困，写下了著名长诗《行次西郊作一百韵》，这是他对社会问题认识的诗体总结。

开成三年（838），李商隐应博学鸿词科，考官本已录取，但复审时却被除名。落选后北上甘肃，入泾源节度使王茂元的幕府，受到王茂元的信任，不久同王的女儿结了婚。那个时候，唐王朝上层统治阶级中，以牛僧孺和李德裕为代表的牛、李两党争权夺利的斗争异常激烈，李商隐先是受知于牛党要员令狐楚，后又投效于属李党的王茂元。李商隐不抱朋党偏见，以"青松"自比，超脱朋党之外，"恶草虽当路，寒松实挺生"，表现了他对朋党迫害的浩然正气。一次他登临安定城楼，极目汀州，感怀身世，写下"永忆江湖归白发，欲回天地入扁舟。不知腐鼠成滋味，猜意鹓雏竟未休"的著名诗句，展示了他"欲回天地"的政治抱负和进身无路的愤懑心情。

开成四年（839），李商隐应吏部试书判拔萃科及格，得任为秘书省校书郎（官阶九品）。不久，又被调为弘农县尉，到任不久，因对蒙冤刑徒有宽减而触忤上司，李商隐便辞职移居关中。

会昌元年（841）唐武宗即位，李党得宠，牛党失势，李商隐的境遇有所好转。会昌二年（842），他回长安参加吏部书判甄拔考试，以书判拔萃，授秘书省正字。不久，因母亲逝世，而离官服丧3年。此间，他种田植树，凭吊古迹，读书赋诗，著有《自遣》等反映乡居民情的诗篇。会昌五年（845）秋，李商隐守孝期满，重回秘书省做官。

大中元年（847）唐宣宗即位，罢黜李党、重用牛党，李商隐应贬为桂州刺史的郑亚的聘请，在其幕府中为支使兼掌书记。在桂州期间，他写有《晚晴》《高松》等诗篇，自以"高松"相比，坚信自己必将为世所用。大中二年（848）二月，郑亚又被贬为循州（今广西龙川县）刺史，后死于任所，李商隐不得不失职北归。他在北归途中，写有《乱石》《楚宫》等诗，借悼念屈原，抒发自己屡遭排斥的幽愤。秋末，李商隐抵达长安，年底被选为周至尉。因他长于奏章，次年春，又改任京兆尹参军，职典章奏。他在《娇儿诗》中，告诫儿子，切勿再走读书求甲乙的老路，而要学习兵法，为国效力。

大中三年（849）十月，新任武宁军（徐州）节度使卢弘止奏请李商隐入幕，任判官，并获得六品下阶侍御史衔。大中五年（851），梓州刺史、东川节度使柳中郢聘他为检校工部郎中和判官兼书记。这时期李商隐屡遭朋党打击，仕途坎坷，寄人篱下，加上亡妻之痛，精神上极度痛苦，思儿思乡之愁，导致他同佛教接触。大中七年（853），他捐钱在长平山慧义精舍经藏院创建了石壁5间，用金字刻《妙法莲花经》七卷，还为精舍南禅院四证堂的石碑写了铭文，借佛事排除自己的愁绪。

大中九年（855）冬，柳中郢调为吏部侍郎，李商隐随之还京。次年春，柳中郢任兵部侍郎充盐铁转运使，奏请李商隐充盐铁推官。大中十二年（858）柳中郢被罢职，李商隐亦归郑州家居。这一年，这位虽有抱负而仕途坎坷、屡遭不幸的著名诗人，便在寂寞和孤独中悄然长逝。

李商隐是晚唐时期一位著名诗人，他的诗多反映现实生活，揭露封建统治者昏聩腐败、勾心斗角，对研究晚唐社会历史和诗歌发展具有重要价值。传世名著有《樊南文集》《玉溪生诗集》等。

布衣王子朱载堉

朱载堉（1536—1611），字伯勤，号句曲山人，青年时自号“狂生”“山阳酒狂仙客”，又称“端清世子”。朱载堉祖籍安徽省凤阳县，生于怀庆府河内县（今河南省沁阳市），系明太祖朱元璋第九世孙，明成祖朱棣的第八世孙，明仁宗朱高炽的第七世孙，郑藩王族嫡世。

明代著名的律学家（有“律圣”之称）、历学家、数学家、艺术家、科学家。

其父郑恭王朱厚烷能书善文，精通音律乐谱，朱载堉自幼深受影响，喜欢音乐、数学，聪明过人。嘉靖二十四年（1545），年仅10岁的朱载堉就攻读《尚书盘庚》等史书，并封为世子。

朱载堉虽然贵为郑藩王子，但他的生活道路并不平坦，这与他父亲朱厚烷的经历有关。朱厚烷是明仁宗朱高炽的第六世孙，袭父封爵，为郑恭王。他生活朴素，为人刚直，朱厚烷被囚禁时，朱载堉刚十五岁，他“痛父非罪见系，筑土室宫门外，席藁独处者十九年，厚烷还邸，始入宫”（《明史·诸王列传》）。在这期间，朱载堉布衣蔬食，发奋攻读，致力于乐律、历算之学的研究，撰写了大量学术著作。

隆庆元年（1567），朱厚烷冤案平反，次年，朱载堉结束了“席藁独处”的生活，重回宫中。万历十九年（1591），朱厚烷病逝，朱载堉为世子，本可承继王位，但他上书皇帝，甘愿放弃。有司认为，“载堉虽深执让节，然嗣郑王已三世，无中更理，宜以载堉子翊锡嗣”《明史·诸王列传》。即使如此，朱载堉也不答应，他“累疏恳辞”，执意让爵，从他父亲卒年起，直到万历三十四年（1606），经十五年七疏之后，神宗皇帝才予以允准，“以祐橏之孙载玺嗣，而令载堉及翊锡以世子世孙禄终其身，子孙仍封东垣王”（《明史·诸王列传》）。让爵之后，他自称道人，迁居怀庆府，潜心著书，过着纯粹的学者生活。

朱载堉越祖规，破故习，注重实践和实验，一生刻苦求真，呕心沥血，共完成《律学新说》《算学新说》《嘉量算经》《乐律全书》《醒世词》等20多部立说巨著。他在珠算上进行开平方、开立方计算，得出了求解等比数列，首创十二平均律（或称十二等程律、新法密率），提出了“异径管说”，设计并制造出弦准和律管；他创立“舞学”，绘制了大量舞谱。

朱载堉不仅精于音乐研究，工于舞蹈设计，而且在天文、算学等方面也硕果累累。在天文学上，万历九年（1581）他完成了《律历融通》这部历学著作；之后，又在总结前人历史经验的基础上，写出了两部新历《黄钟历》和《圣寿万年历》。

在算学上，他首次运用珠算进行开方，研究出了数列等式，解决了不同进位制的小数换算，其中某些演算方法一直沿用到今天。

他发明了累黍定尺法，精确地计算出北京的地理位置与地磁偏角，还求出了计算回归年长度值的公式。

“他的理论是音乐学和音乐物理学的一大革命，也是世界科技史上的一大发明”，他是在中国传统文化土壤中诞生出的一位百科全书式的学者。他在乐律、音乐界均有惊世的建树。早在明代，朱载堉就为我国夺得了多项世界第一。中外学者尊崇为“东方文艺复兴式的圣人”。朱载堉是真正的“世界历史文化名人”。

父子两代河官

嵇曾筠，字松友，江南长洲（今江苏苏州）人，曾任河南山东河道总督、江南河道总督等职，雍正年间著名治河人物。《清史稿》中称赞他知人善任，恭慎廉明。特别是他在治河中重视运用开挖引河的方法，不仅使堤防险情化险为夷，而且还节省了大量的治河投资。

雍正元年（1723）春，黄河在黄河、沁河交汇处的姚期营、秦厂一带坐弯顶冲，于詹店、马营等处（在今河南武陟县境内）决口。雍正二年（1724），嵇曾筠受命堵复。他现场查勘后认为，詹店、马营等处决口是上游河势变化造成的，要行堵复，就必须在改善上游河势上做文章；否则，不仅费工费时，还难以成功。后经调查，果如其言。

原来，黄河在上游孟县（今孟州市）、温县所属河道内形成了较大的河心滩，致使大溜被逼至南岸仓头口广武山根，以致山体淘刷，崖岸坍塌。至官庄峪，大溜受山嘴挑溜的作用，直下东北，在姚期营、秦厂一带顶冲河堤，并导致了詹店、马营等处决口。于是，嵇曾筠提出在伸入河心的横滩上开挖引河，因势利导，导引大河由西北改向东南。再在秦厂一带新修挑水坝数道，挑溜外移等施治工程。这些工程实施后，完全像他预料的那样，很快改变了秦厂上下的不利河势，排除了险情，顺利地完成了口门堵复工程。

雍正六年（1728），黄河在仪封（今兰考县）青龙岗因大溜顶冲，发生重大险情。受河势变化影响，上湾淘刷严重，并与同岸下湾湾顶相对。嵇曾筠在实地察看后，决定在两湾间的滩地上开挖引河，使大溜趋直，旧河湾淤成平地，缓解了险情。另外，在仪封的耿家寨、封丘的荆隆官等坐弯生险处，嵇曾筠也采用了同样的“引河杀险”之法，化险为夷，并大大节省了抢险费用。

在长达十余年的治河生涯中，嵇曾筠不仅善于运用开挖引河的办法治理河患，还总结出了一整套裁弯引河的理论，著有《河防奏议》《师善堂集》等。

通过长期的观察和研究，嵇曾筠总结出了夏走滩、冬行湾，水缓沙淤、滩形渐长，水趋北则滩在南、水趋南则滩在北等众多河势变化特点。他认为，开挖引河是遵循河势变化而实施的因势利导之法，也是以水治水的治河良策。他指出，运用这种方法除险，见效快、工费省，而且可以一劳永逸。但同时他也明确提出，在具体实施时，要详加考察、慎重施治。例如，在洪量大、来势迅猛的情况下，就不宜采用开引河的办法来除险；引河也应尽量开挖在老滩上，不至于水大漫溢等。他强调如果能够正确区别地形高下，把握河势趋向及大溜走势，因势利导，断然行之，就能取得事半功倍的治理效果。

另外，嵇曾筠在治河期间还非常善于建坝挑溜，能够根据河势的缓急、河道的深浅等具体情况，确定坝基的长宽尺度，正确地判断出是修顺水坝，还是建挑水坝，有“嵇坝”的美誉。由他总结得出的多种建坝挑溜方式，对后人治河有很强的指导意义。如在河势扫弯处，他提出应建矶嘴厚坝（大型人字坝）作为藏头，并于坝下接修挑水坝，以接力外挑。当河势扫弯不能舒展，产生回溜淘刷时，则应修筑扇面坝，以顺溜外移。如果河势坐弯严重，难以修坝挑溜外移，就应在对岸滩嘴开挖引河，实现裁弯取直，以达到分水杀险的目的。

堤防，是黄河防洪的基础。嵇曾筠在重视研究解决工程险情的同时，对黄河下游两岸堤防建设高度重视。他在河南任职期间，曾组织培修两岸大堤数百公里，仅雍正二年就加固堤防 35 公里，使河南两岸大堤气若长虹，固若金汤。在任江南河道总督期间，他在下功夫整顿河务的同时，加强工程建设，修筑黄河、运河堤防近百公里。在重视堤防建设的同时，嵇曾筠还十分重视人的作用。他认为河工的关键在于坚筑堤防，尤其重要的是要有专人修守，有堤而无人，等于无堤；有人而不能对堤防尽修守之力，与没有人没什么两样！

嵇曾筠的儿子嵇璜（1711—1794），乾隆年间曾出任河南山东河道总督，是历史上少见的父子河官。乾隆十八年（1753）他受命治河时，曾仿照明代刘天和制造平底方船，用铁耙对徐州至清口间的250公里河道进行清淤；整修高家堰，并将砖工改为石工；修复了江南境内一大批减水闸等。乾隆二十二年（1757）在任副江南河道总督时，因治河成效明显，曾受到乾隆帝的夸奖。乾隆称赞他能够因势利导治理河患，使河道由弯变直，由浅变深，河流顺畅。乾隆三十二年（1767），他任河南山东河道总督，在巡河过程中，闻讯虞城堤段发生险情，连夜奔赴现场组织抢护。拂晓赶到时，正值风雨交加，埽工岌岌可危，随从人员见此情形，力劝嵇璜暂时后退，他却岿然立于堤上，大声说："埽去我与俱去。"在他的感召下，员工精神振奋，拼力抢护，最终使大堤转危为安。

河畔夜话

武陟怀古

［明］刘咸

虹桥百尺控南滩，沁水微茫野色寒。

明月院荒春草满，法云寺古暮钟残。

山涛废墓谁能识，樊哙遗城自可叹。

偶过向村闲纵目，犹闻风笛上林端。

李宝赶河的传说

黄河原来是在太行山脚下，现在却在邙山脚下。它是怎样从太行山脚下跑到邙山脚下的呢？

原来，这里有个后生姓李名宝，他为了拯救这一方百姓，便从仙人那里带来了红、黄、蓝三颗宝珠。他腾云驾雾，来在太行山上，看见眼下洪水之中，房倒屋塌，残墙上还困着半死的父老乡亲。他难过地流下了眼泪，因为这里也是他的家乡。首先，他把那颗红珠子抛到水中。霎时间，洪水像群受惊的野马，一直向南飞奔。可没等多久，黄河又卷土重来。接着，他就又抛下那颗黄珠子。这一来可不得了啦，河水简直像群被好汉打伤的虎豹，发疯似的向南打滚，吼叫，到邙山脚下被锁进了河床，它的后面便现出了黄澄澄的土地；最后他又抛出那颗蓝珠子。说来也怪，那珠子刚一落地，那光秃秃的土地上瞬间便长出了庄稼和绿树，同时也有了草地与牛羊。当人们抬着羔羊美酒赶到太行山去谢这位救星时，哪里还有人影！有人说他又回他爱妻那里去了；也有人说他又到别处去拯救百姓了。

那么李宝之妻是何许人也？他怎么会到仙人那里去取宝？树有根，水有源，话还得从头说起。

提起这穷孩子李宝，真苦得让人落泪。他从小就没了爹娘，流落到兄嫂之手，更是分外受折磨。这孩子白天做牛马，夜晚睡狗窝。大麦罢吃的是糠菜饼，大腊月穿的是破单衣。虽然李宝是这么个穷相，可方圆十里却留下了美名。他每天都得到河沿为兄嫂捞河柴、捉鲤鱼。好几回，柴火捞够了，鱼篓捉满了，就暗暗送与几户孤寡老人，自己重去捞、捉。说起李宝的貌相也跟他的品行合着茬。虽然他衣衫褴褛，可头脸却生得眉清目秀，又搭上鼻正口方，印堂饱满，实乃英俊少年。

这日，他又第二次下河，偏遇河水上涨把他卷走了。当他从昏迷中醒来的时候，只见自己身边守着位白胡子仙翁和一个年轻的女子。那仙翁目光似电，面色紫铜，身着八卦道袍，手挥情理尘帚，齐胸的胡须雪一样白。那女子生得面似三月桃花，眉似初春柔柳，一双秀目赛秋水，樱桃两点美朱唇。真个天仙皆含羞，月中嫦娥亦逊色。再说那穷小子李宝，怎敢正眼观瞧，只好羞怯地闭上双目假装昏睡。只听那老道言道："可怜的孩子，你醒来吧，你虽一身清贫，但美名传扬千里，吾女为之非常感动，愿助你一臂之力，共建家园。"仙翁说毕，长袖一挥，飘然而去。

再说那女子守了李宝半日，见他还是闭目昏睡，很是着急，羞答答地上前，边搀扶边道："李郎，醒来——李郎——"那李宝装是装，到底不善作假。他陡然言道："我家贫寒，哪娶得了你这娇娘！"那女子摇头道："李郎之言差矣。人间贫民，天下之多，奴家我不嫌就是。"李宝又推脱道："小姐不可胡来，我李宝上无片瓦可遮，下无寸土可立，如果草率完婚，岂不苦害了你的终生？"那女子笑道："相公莫要多言，你看为妻我也有一双笨手，你我夫妻一同回去，男耕女织，志同道合，要不了多久，定会丰衣足食，幸福美满。"最后穷小子李宝推辞不过，只好将那女子领回家去。

小两口当天就拜了天地成了亲，睡进了临时搭的草窝里。李宝在油灯下看看自己的妻子，又看看自己的住处和睡窝，惭愧得扑簌簌眼泪直淌。新娘子安慰了一番又一番，那李宝还是泪流不止。一直到半夜三更，辛酸和眼泪才送李宝进入了梦乡。爱情和良心使那女子激动异常。她索性拨亮油灯，拿了剪子和纸张剪了起来。夜过四更，她还在剪，五更鸡鸣，棚里还亮着灯。一直到第二天早晨，一缕香风把李宝吹醒。他睁眼一瞧，啊，一座座青堂瓦舍，一根根雕梁画柱，呈现在眼前。李宝高兴得蹦起来，兄嫂也来为他们贺喜。次日，李宝问妻子是怎么回事，那女子只是微笑，并不答言。

从此，李宝和那女子恩恩爱爱，整整过了九十九天。这日，夫妻俩正在地里耕田，忽然天气陡变，一阵黑云遮住了日光，随后电闪不断。那女子望了眼天空，脸上随即浮上了愁云。李宝见爱妻这般光景，急忙询问缘由。那女子道：“因为妻下凡配你，不知被哪个告发，玉皇大帝现派那护法的二郎神，率领天兵天将前来擒拿为妻来了。”李宝愤然道：“小小二郎毛神，怎也伤天害理。我李宝就是白白送命，也要护我爱妻！”女子忙劝解道：“李郎莫要胡来，你乃肉体凡夫，怎好与他争斗？还是为妻前去迎敌为好。”李宝道：“贤妻前往，胜败难晓。你若有个三长两短，怎叫为夫放心？”那女子感动道：“请郎君莫要忧愁，为妻这次如能胜过二郎，可回青石山避身；如果战得不过，但也无妨，迟早众家姐妹会到云牢雾狱营救的。”那李宝长叹道：“今日你我夫妻一别，不知何日再逢。”说毕泪如雨下。那女子见李宝哭得伤心，便道：“李郎——莫要如此伤感，你若思念为妻，请往青石山投亲就是。”李宝止泪问道：“贤妻——那青石山如何走法？”

那女子道：“只要为妻不进牢狱，郎君只需面向东南，烧三炷香，喊妻三声，在脚下画‘十’字，双脚站定，闭上双目便到了。”她话音未落，空中响雷三声，如同战鼓鸣敲。那李宝紧紧抱着妻子死活不放。那女子毅然推开道：“李郎莫要如此，那二郎神如要下得天来，同为妻格斗起来，岂不毁了这沃田、庄稼、村庄和百姓？”说罢，她便整衣抽剑，飞向天空去了。

好一场恶战，一回回刀来剑去，一阵阵将吼马鸣，把乌云都斩碎了，玉帝匆忙打起黑旗；将雾帐都戳烂了，王母慌忙蒙上她头上的灰纱。就这样整整战了七七四十九天，最后，那女子寡不敌众，被玉帝擒住，锁进了云牢雾狱，好不凄苦。

话说那李宝自妻子出走，终日闷闷不乐，日思夜想，忧虑成疾。这天，他忽然想起青石山投亲之事，顿时来了精神。他便面向东南，烧了三炷香，喊了三声妻，在脚下画了“十”字，闭目站定，整整等了半日，睁眼一看，丝毫没动。于是他紧张起来，连做数次，结果相同。他明白了，妻子不会骗他，定是坐了牢狱，受苦受刑。此时此刻李宝发了狂，指天怒骂：“玉帝老儿昏庸无道，害得俺恩爱夫妻，不能相见……”说着便昏了过去。再说那李家兄嫂自兄弟娶媳妇以后，便改了恶习，对李宝甚是关心。经过求医调治，李宝病愈，他决心往青石山投亲还愿。其兄嫂别无好法，只好为他准备马匹、银两，送他登程。

走啊，走啊，银两花干了，他就要饭；马腿累断了，他便步行。这天他终于来到了一家客店，开店的主人问他到哪里去，干什么，他说明来由，那店掌柜摇头道："青石山，四道关：火路、荒郊、大滚河，还有千年大冰山。好汉如果回家，我愿银两、马匹相赠。"那李宝哪肯返回，只求店主指点方向。那店主见他决心已下，便送他一双铁鞋。要他认准东西方向。李宝跪下谢恩，抬头看时，客店和店主全不见了。李宝心中明白，便赶忙登上铁鞋继续上路。

走着走着，李宝觉得越来越热，最后，脚下竟烧起火苗来。铁鞋被烙红了，脚上烫起了泡，他咬紧牙继续走，火焰堵了道路，他闭上眼睛闯过去。就这样整整走了六六三十六里火路，来到了一片荒郊。

荒郊之上，虎狼成群，蛇蟒遍地。李宝心想，我李宝已走过了火路，可能要在这荒郊之上被虎狼、蛇虫吃了，但我死而无怨。于是他就趁着正午的骄阳，闯入虎窝狼群，走近蛇巢蟒洞。此刻虎狼正在凉阴中睡觉，蛇蟒也在洞中喘息。好险啊！李宝又闯过去啦。

过了荒郊就到了河岸边。河中热水滚沸，白气冲天，李宝叹道："贤妻呀贤妻，你只说叫我青石山投亲，哪里知道为夫我眼看就要死在这滚河之中，你若出了监狱，便前来救为夫一把；你若不来，我李宝就……"说着便径直往滚河里跳。谁知他刚接近水面，竟被一鹏鸟叼住了衣服，带着他，拍拍翅膀，飞过了滚河。李宝着地后忙跪下向鹏鸟谢恩，可当他抬起头时，鹏鸟不见了，他心中很是纳闷。

李宝又走了一程，便越发觉得寒冷，最后，他浑身都结了冰，怎么也走不动了，一座千古未化的冰山横在面前。李宝又一次哀叫道："贤妻呀贤妻，为夫我眼看就要冻死在这冰山脚下了！如若妻在，何不前来搭救？"李宝话音未落，一块巨冰，向他砸来，他只好闭目等死。谁料到，当冰块刚挨着李宝的毫（汗）毛时，一个仙女从天而降，又把他救起来。李宝认得，救他的便是他的妻子。看去，那女子披头散发，像是刚被众姐妹救出。路至绝径，情人相逢，李宝自然幸运。三言两语男人就拽住妻子后衣襟飞过了冰山，进入青石山仙境。

李宝在山上，整整过了九九八十一天——相当于人间的八十一年。妻子突然对他说："家乡黄河泛滥，百姓命在旦夕。"并赠了三色宝珠，送他返乡。于是李宝用这三色宝珠把黄河从太行山脚赶到邙山脚下了。

（谢荣珍 / 口述　谢荣欣 / 整理）

避水剑化作青风岭

南有南邙山，北有太行山。黄河涨大水，只有三里干。有了青风岭，穷人把身安。

你要想知道这青风岭是咋来的，它怎样挡住了滔滔黄水、滚滚浊浪，使百姓们得以有个安身之地？听俺说个古老的传说。

古时候，黄河北岸，有一个小村庄，村里住的尽是叮当响的穷人，有的靠打猎为主，有的靠打鱼糊口。

在村子西头，两间一不能挡风、二不能遮雨的茅草房里，住着王郎和他娘两个人。王郎三岁那年，黄河涨水，他父亲为了救人被黄河水卷走了。八岁那年，领他沿街乞讨的母亲，一场重病后，双目失明。从此，母子俩的生活重担一下子压到了王郎的身上。王郎从小就跟着打猎、捕鱼的叔叔、大爷们学本领，又肯下功夫，所以很快就练出一身好箭法和好水性。

转眼间，王郎已是二十岁的小伙子了。一天，他到村南树林里砍柴，不一会儿就砍了两大捆，坐在一棵大树下歇息。他听着林中的鸟叫和远处黄河浪花飞溅的声音，渐渐倦意上来了。朦胧中，忽听得一个年轻女子呼叫“救命”的声音，王郎一下子从地上跳了起来，抬头一看，不禁吃了一惊。只见不远处的一棵树上落了一只怪鸟，双翅展开，足有一间屋子大小，两只腿上的利爪，锃明发亮，有半尺来长，它那带钩的嘴里，叼着一条一尺多长的青蛇。呼喊“救命”的声音，正是那条青蛇发出来的。王郎急忙闪身躲在树后，弯弓搭箭，只听“嗖”的一声，正射在大鸟的脖子上，疼得大鸟“呱”地怪叫一声，丢下嘴里的小蛇，怪叫着飞跑了。

王郎看看掉在地上的小蛇，浑身绿莹莹的，额头上有一个鲜红的红点，怪可爱的，只是头上被大鸟啄了一个大窟窿，正往外流着血，疼得小蛇不断扭动着身子。王郎放下弓箭，到树林深处找到了几株止血祛疼的草药，在石头上砸巴砸巴，给小青蛇敷在伤口上，又把自己的束腰带撕掉一块裹住伤口。那蛇感激地看了看王郎，将头点了几点。王郎找了一个草木茂盛的地方，将蛇放了。小青蛇回头几次，看着王郎，好像恋恋不舍的样子，最后才爬走了。

过了几天，王郎又去砍柴，砍满了柴担，正要收拾回家，一阵怪风刮过，从空中"扑"的一声跳下一个妖怪，面如蓝靛，发似朱砂，头生双角，巨口獠牙，身子足有一丈几尺高。手中拿的两柄大锤，足有头号水桶那么大。那妖怪问道："你可是王郎？"声音震得王郎耳朵嗡嗡作响。他见王郎点了点头，又问道："早几天是你救了小青蛇？"王郎又点了点头，那妖怪这才放低声音说："我是黄河龙王的巡河夜叉，奉龙王之命前来请你！"说罢不管三七二十一，拉起王郎就走。

一阵风声，二人来到黄河岸边。王郎问："龙王在哪里？"夜叉说："在水晶宫中，你快闭上眼睛，跟我去见龙王！"王郎闭上眼睛，拉着夜叉的衣服，只听见耳边传来翻江倒海的波涛声，手却摸不到水，就听夜叉说了声："到了！"王郎睁眼一看，见自己站在一座宫殿前边。

正在这时，宫殿的门开了，一群虾兵蟹将簇拥着一个老态龙钟的白胡子老头走了上来。他把王郎请入宫殿坐下，龙女献上了茶。王郎打量了殿里一眼，只见桌上、条几上摆设的净是人间稀有的珍宝，可就是自己身旁的条几上，却放着一只癞皮蛤蟆，与周围的珍宝比起来，显得很不协调。这时，那老人开口道："我就是黄河龙王，早几天我的三女儿遇险，多亏了恩人搭救，今天特意请你来，答谢你救命的大恩！"随即回头叫龙女："叫三公主来拜谢恩人！"只听殿外答应一声，随即两个龙女搀进一个年轻貌美的姑娘来。看那三公主头上还缠着王郎的束腰带，上面隐隐约约露出血迹。她见了王郎，脸一红，微微一笑，低头拜了一拜。黄河龙王说："这就是三小女，顽皮得很，好往岸上跑，那天要不是遇见恩人，早就没命了。"三公主瞟了王郎一眼，不好意思地笑了笑。这时，一个龙女附在龙王耳边说了句什么话，就见龙王站起身子，交代三公主好好招待客人，他就往后宫去了。

三公主对王郎说：“我父王到后宫去，一定是去商量如何感谢你了。等一会儿他回来问你要什么东西，你啥也别要，就要条几上的那只蛤蟆！”说着解下头上王郎的束腰带递给王郎说：“这上面有我的血迹，好好收藏起来，以后有啥为难事，只要撕掉一点用火点着，我马上去帮助你！”王郎正要问那个癞蛤蟆有啥用处，见三公主拽了自己衣袖一下，摇了摇头，就听宫外边传来了脚步声，龙王走了进来。龙王对王郎说：“刚才我和龙母商量了一下，为报答你的救命之恩，让夜叉领你到宝库中看看。你看中什么，就要什么！”三公主趁龙王不注意时，赶忙给王郎使眼色，往那条几上的蛤蟆瞧了一眼，王郎点点头。

夜叉领着王郎，打开了第一个宝库，只见里面黄的是金，白的是银，闪闪发光。王郎摇了摇头说：“不要！”夜叉打开第二个宝库，只见里面全是奇珍异宝，有饭碗大的水晶石，有一人多高的珊瑚树，件件光彩夺目。王郎记住三公主的话，又摇了摇头说：“不要！”夜叉又打开第三个宝库，王郎见里面盛满了漂亮的衣服，有夏天穿的温凉衫，冬天穿的火龙衣，王郎又摇了摇头。夜叉只得把他又领回殿上，对龙王说：“他没看中一样！”龙王吃惊地问王郎：“难道我这宝库中的东西，你一样也看不中？随便拿一样，你一辈子也吃喝不完啊！”王郎只微微笑了笑。三公主说：“父王，既然王郎在宝库中没挑出什么，就让他在这殿中挑一样吧！”龙王说：“也好！”王郎立即站起身，走到摆设着宝物的条几前，拿起那个又粗糙、又难看的癞蛤蟆说：“我就要这个。”龙王看看王郎说：“你挑点别的东西吧！要这个东西有啥用处？”王郎想想三公主的吩咐，说：“别的我啥也不要了，就要这个！”三公主说：“父王既然有言在先，就让他拿走吧！”龙王无可奈何地答应了。

王郎被夜叉送出来，睁眼一瞧，自己站在黄河水边，身上却连一个湿印也没有，看着太阳，已经落在西边的山头上，天快黑了。王郎就拿着蛤蟆，扯开步向家里走去。十几里路，一会儿就走了一半，可肚子里咕噜咕噜叫起来了。王郎这才想起，自己这一天还没吃饭呢！肚子一叫唤，腿也没劲了。

他看看手中的蛤蟆，蛤蟆两只圆滚滚的眼睛也扑闪扑闪地看着他。王郎自言自语地说："三公主再三叫我要这个蛤蟆，有啥用处呢？"他无意中朝蛤蟆的脊梁拍了一下，只听得蛤蟆"呱"地一声叫，嘴张开了，从蛤蟆嘴里跳出一个足有寸把长的小人来，见风就长，原来是个戴红裹肚的小孩，只见他笑嘻嘻地用清脆的声音问道："王郎，你想要什么？吩咐吧！"王郎肚子正饿呢，就顺口说："给我先来几个馍吧！"说时迟，那时快，转眼间，脸前出现了一盘雪白的蒸馍，还正冒着热气，王郎不问三七二十一，抓起来就吃，觉得馍又虚又甜。吃了几个，感到口渴，说："能给我来碗水吗？"一转眼，眼前又出现了一碗热气腾腾的茶水。王郎吃了馍，喝了水，别提心中多高兴了，他站起身对小孩说："咱走吧！"小孩说："走。"只见小孩一下子缩成寸把长，一个跟头又钻进蛤蟆嘴里去了。

王郎回到家里，向蛤蟆要来了药治好了母亲的眼睛和乡亲们的各种疾病，又给乡亲们要来了衣服、粮食、牲口、农具。乡亲们高兴极了。

这一年刚立秋，天阴得黑乌乌的，大雨不住气地下着。黄河的涛声一天大似一天，人们的脸也整天阴沉沉的。乡亲们担心黄河涨水，有的船户已经冒雨做筏、修船，准备逃荒了。

王郎看在眼里，急在心上，他拿出宝贝，把戴红裹肚的小孩叫了出来说："眼看我们种的庄稼，又要像往年一样被黄河水冲走。年年这样，黄河害得多少人家破人亡啊！你能不能想个办法，在黄河边东西打一道堤，挡住黄河水呢？"小孩沉默了一会儿说："我没有这么大的法力，要想打堤，除非请三公主来！"王郎发愁地说："咋请她来呢？"小孩笑了："你忘了三公主交代你的话了？"王郎这才想起三公主交给自己的带血的束腰带，赶忙找出来，撕掉一块，用火点着。只见屋门开了，三公主满面笑容地走了进来。

王郎见了三公主，赶忙请她坐下，就把自己打堤的想法一五一十地讲给她听。好长一阵，三公主沉默不语。这时，猛地从门外冲进来打猎的张大叔、打鱼的李大爷，后面跟着白胡子老爷爷、白头发老奶奶，他们流着泪对王郎说："王郎啊王郎，黄河水又涨了，庄稼全淹没了，快准备逃荒吧！"三公主一下子站起来说："乡亲们，不要说了，要想打堤，得盗出我父王的镇宫之宝青锋避水剑。不过我一个人打不过他们，希望会射箭的乡亲们到村南水边接应我一下，只是……”她看了看王郎说：“箭上得涂人血，才能射退虾兵蟹将。”她话未说完，王郎立即伸出自己的胳膊，用刀嗞地拉了一个口子，鲜血顺着胳膊流下来，滴在碗里。公主赶忙从自己衣服上扯了一缕布，给王郎包好伤口，说了声：“乡亲们快准备去！”一晃身子不见了。

村里的乡亲们带着蘸血的箭，跟着王郎来到村南一块高地上，望着翻卷浪花的黄水，等待三公主。忽见黄河水两下一分，三公主身背宝剑，踏水而来。身后，老龙王率着虾兵蟹将、水妖河怪和龙子龙孙，拥着数丈高的浪头，紧紧追赶。王郎见三公主已精疲力竭，赶忙指挥乡亲们放箭。说也奇怪，带着王郎血迹的箭，射到水里，涌现出一片片红光，吓得虾兵蟹将、水妖河怪们哇哇乱叫，抢着往水里钻。水面上只剩下老龙王一个人，孤零零的，这时，公主早到了岸边，被乡亲们拉上岸来。

公主上了岸，急忙从背上取下青锋避水剑，抽剑出鞘。只见寒光闪闪，冷气嗖嗖，剑光一闪，黄河水哗地一下就往后退了好几丈，三公主握剑在手，说了声：“乡亲们跟我走！”凡是剑光所到的地方，黄河水一个劲地往后退，退着退着，王郎打柴的树林从水里露出来了；退着退着，乡亲们种的庄稼得救了。三公主领着乡亲们走着走着，走到了一块高地。公主说：“乡亲们退后点！”就见她用力把青锋避水剑往高地上一插，只见红光一闪，半空中响起了一个霹雷，吓得龙王“啊”的一声，栽倒在水面上。就见沿着黄河北岸，平地长出一条大岭来。因为这道岭是青锋剑化成的，所以人们叫它青锋岭。时间长了，人们把“锋”写成了“风”。

三公主自然不能回宫去了，和王郎高高兴兴地过起日子来。

（赵乾杰）

溴梁夜月的传说

溴是溴河，发源太行山，流经济源、孟县两县，注入黄河，今称蟒河。梁是架在溴河上的一座桥，在孟州城东二里处，人称马桥。“河阳八景”之一的“溴梁夜月”便是指这里的月夜景观。

相传在明朝年间，山东济南府有位年轻人，不事耕读，不孝父母，仗凭身强力壮，欺老压少，横行乡里，惹得乡邻无不对他斜目相看。一天父母把他叫到堂前，想教训他一番，可他哪里服得，一顿顶撞之后，愤然出走。自此放荡在外，逞强作霸，惹了不少是非。

一日傍晚，他来到孟州境内的溴河桥上，顿觉困乏，便一头栽倒在河岸的柳树下打起鼾来。一阵凉风把他吹醒，已是初夜时分。一轮明月斜挂中天，照得大地一清如洗。月影照入河中，天光水色，盎然成趣。横跨河面的石拱桥梁，倒映水里，犹如倒挂长虹。河岸上，柳荫下，红男绿女，人影幢幢，坐着的，游着的，年长者乘凉聊天，年幼者游逗嬉戏。更有一些年轻男女，搀父携母，漫步在月光之下，细语绵绵，互道着父母之爱、子女之情，好一派温馨静谧的迷人景色。此情此景顿使他脑子清爽起来，一股思故乡、念父母的情感油然袭上心来：自己不听父母教诲，只身出逃，在外已奔波两年之久，饥了夺吃，冷了抢穿，人不人、鬼不鬼地混日子，如此下去，何时了得。父母年事已高，又靠谁来赡养？想到这里，他便决然返回故乡，痛改恶习。忙时辛勤耕田，闲时发奋读书，父母堂前，恪尽孝道。三年后，居然被乡里举为孝廉，五年后中了秀才。后来他在追忆这段往事时，写下一首诗道：

溴河流水清如镜，梁拱倒影状如虹；
夜风吹醒思乡梦，月光照我万里程。

一首藏头诗，使“溴梁夜月”不仅成了人们夜游览赏月光的美妙去处，而且成为净化心灵、陶冶性情的胜境，名闻遐迩，流传至今。据说那位年轻人成名之后，还专程来过这里，重温旧情呢。

（马久智）

巧斩大蟒除河害

从山西阳城的蟒山上，流过来一条河，穿过太行山，经济源、孟县、温县到武陟入黄河，当地老百姓都叫它蟒河。

传说，这条河里有条大蟒，每年到多雨季节，就在河里翻腾作怪。河蟒的鼻子露出水面多高，河水就涨多高。河蟒过处，河水就猛涨，冲倒房屋，淹没庄稼，闹得河两岸老百姓不得安宁。

后来，人们在靠济源城东门外的河面上，修了一座桥，名叫东门桥。每逢洪水到来、河蟒作怪时，人们就从桥上跑进城里，躲避水患。

这一年，又到了多雨季节。河蟒搅动河水，咆哮而来，所过之处，一片汪洋。河蟒来到东门外，发现了一座桥横跨在河面上，就一头钻进桥孔，尾巴一甩驮起桥走了。

大水下去后，老百姓看见自己辛辛苦苦造的桥被河蟒驮走了，就决心再修一座。谁知，第二年，这座新桥又让蟒给驮走了。

老百姓恨死了那条大蟒，可又没有办法告状，整天唉声叹气。大家都愁眉苦脸地说："不除掉河蟒这一害，就别想过安生日子。"有个老铁匠说："咱们打一口宝剑，把河蟒斩了。"大伙一听，没有不赞成的。

很快，大家收集了好多铜器交给老铁匠。老铁匠生起烘炉，日夜不停地忙活。通红的火光，把老铁匠的赤红脸膛照耀得油光闪亮，使他更显得神采奕奕。

过了几天，老铁匠终于锻打出一口七尺长、半尺宽的青铜宝剑。大家一看真是一口少有的好剑！只见那宝剑金光闪闪，锋利无比。老铁匠把这口宝剑安在桥孔拱顶中间，剑锋朝下，单等大蟒到来。

当雨季到来时，河水暴涨。河蟒又得意洋洋地掀动河水，兴风作浪，直奔东门桥而来。河蟒见桥身比以前更高、更加坚固，就把脖子一扬，浑身一使劲，往桥洞里一钻。只听“哗”的一声，蟒头碰着宝剑，河蟒顿时觉得钻心般的疼痛。它大吼一声，愤怒地向前猛力一冲，又听“哧—拉—”一声巨响。把河蟒脑袋、身体，一直到尾巴劈成了两半，河水一下子被染得鲜红。

害人的河蟒就这样被宝剑斩除了。

从此以后，蟒河平静了，这一带再也不闹水灾了。东门桥仍然屹立在蟒河上，河水淙淙地流着，仿佛在告诉人们这个动人的故事。

（陈志海　王庆玉）

丹河琴声有知音

从山西晋城到河南沁阳，有一条河。这条河的河神，归沁河小龙管着，沁河小龙又归黄河老龙管着。

在这条河边，住着一位孤老汉，名字叫丹河。古时候，这条河经常发大水，泛滥成灾。沿河群众吃尽了它的苦头。为了防止洪水为害，人们就在河岸边搭了两间防汛庵，请丹河老人住在里边，看守河水。遇到洪水暴发，就敲钟为号，召唤人们躲到高山上。

丹河老人酷爱二胡，拉得一手好胡琴。他还爱喝几盅酒。每天早起，他操起渔网，只撒一网，只捡两条最大最好的黄河鲤鱼：一条鱼换米面，一条鱼作下酒菜。他喝酒还有个习惯：端起酒杯，头杯敬天地，二杯献河神，三杯才落肚。他觉得自己年老体衰，能替大家办点好事，是最大的乐趣。

有一天夜里，丹河老人喝着酒，乘着酒兴，操起胡琴，拉了起来。那悠扬悦耳的琴声，随着清风云气，传上千里太行山，太行山的峰峰岭岭肃穆静听；传到三百里怀川，怀川的人们侧耳细听，禾苗点头含笑；传到河里，鱼儿游了回来；传到树林里，酣睡的小鸟迎着胡琴声飞来；传到天上，星星眨眼睛，白云停止游，月亮笑弯了脸，甚至深山老林里的豺狼虎豹，也都赶来静听。

夜深了，丹河老人松了弦，挂上胡琴，准备睡觉。忽听门外有人说：“老人家，再拉一曲！”丹河老人以为是自己的耳朵背了，深更半夜，谁会在外边听他拉胡琴？就没有理会。谁知一会儿，又听到叫门声。他开门一看，原来是一位四十开外的人，头戴方巾，身穿道袍，一进门，就很随和地说：“夜深人静思，琴声送心田。继续拉！”丹河老人惊讶地问：“你也爱拉胡琴？”

那人点点头，笑着说："不瞒你说，我就是在这河滩里拉胡琴入了迷，洪水下来不知道，被淹死的！"丹河老人猛一惊，说："怎么？你不是人？"那人说："老人家，别害怕！我是这里的河神。我天天喝你的酒，欣赏你这优美动听的曲调，所以就每天送你两条大鲤鱼作为酬谢礼。咱俩是老朋友了。"经他这么一解释，丹河老人紧张害怕的心情顿时缓和下来，说："好吧，这里有酒有菜，你喝酒，我拉胡琴！"他重新定好弦，就又拉了起来。河神坐在桌边，一边喝酒，一边欣赏。拉欢乐的调子，他就眉开眼笑，心旷神怡；拉悲哀的调子，他就伤心落泪，忧心忡忡；如醉如痴，连喝酒都忘了。一直到天亮，河神才离去！

从此以后，河神每天晚上都来听丹河老人拉胡琴。丹河老人也每天做一些下酒菜，请河神喝酒。两人越来越亲密，无话不谈，无事不商，情同手足。一晃三年过去了。

有一天夜里，河神又来了。他刚刚喝了几杯酒，就很惋惜地说："咱俩很快就要分别了，我心里很难过。"听口气，真有点难舍难分的意思。丹河老人说："咱俩相处这么好，生活又这样安乐，你还要到哪里去？"河神说："我们神仙界是三年一起度。今年我在这里当河神已满三年。前几天去黄河老龙王那里，他正筹划盖龙宫，急需要民工。他说：'谁给他送民工多，他就提拔谁。'咱这里人烟稠密，送他一些，说不定还会提我到黄河龙府任事呢？"丹河老人想了想，说："你用啥办法给黄河老龙王送民工？"河神避而不答。丹河老人再三询问，河神东叉西拐，只说："不能道破天机。"

河神走后，丹河老人想："他给龙王送民工，莫不是要发大水，把百姓淹死？"想到这里，他有些害怕。生气地说："这河神真缺德，你一心想往上爬，我不埋怨，可不该拿穷老百姓的生命财产当垫脚石！"他心急如焚，赶忙去找乡亲们商量。可大家商量来商量去，没有什么好办法，只得知会沿河群众，躲到高处避一避。

人们还没有躲开，洪水就排山倒海般地涌来了。那喧天大浪，冲垮堤坝，毁坏田地，淹没庄稼，冲塌房屋。人们呼天抢地，唤爹叫娘，那个景象呀，就甭提有多悲惨了！

天晚了，丹河老人坐在防汛庵前，怀着沉痛的心情，又拉响了胡琴。沿河群众遭受洪水洗劫后的悲惨情景，通过胡琴，变成了凄楚哀伤的曲调，传向四面八方。那如泣如诉的琴声，行云听了落泪，太行听了低头，花草树木听了拧鼻涕，就连那狼虫虎豹、山鸡山鸟也无不伤心痛哭，一个个大骂河神残忍，洪水无情！

也不知是悲壮的胡琴曲调感动了河神，还是他自己觉悟过来。这时，河神推门进来了。他慢慢地走来，默默地坐下，静静地听着，自斟自酌，闷闷不乐。好一会儿才沉重地说："老人家，我又回来了。咱俩还在一块儿，暂且不分别了！"丹河老人说："那可好！黄河老龙没赏你大官吗？"河神说："还说呢，你泄露了天机，这次发洪水没淹死人，送不去民工，黄河老龙大骂我无能，要治罪呢，还赏什么大官呀！"听口气，像有埋怨的样子，可没生气的情绪。丹河老人说："你心肠好，是一位为民办事的好神！俗话说：不作高官不受罪，不享荣华不担惊。咱这里有肉吃，有酒喝，逍遥自在，何必那样巴结他，去他下巴底下拾米吃！"河神说："不杀穷人不富。天下的地主老财哪一个不是喝穷人的血养肥的？无毒不丈夫。上自玉皇大帝，下至阎王土地，谁不是踩着小鬼的尸骨爬上去的？"丹河老人说："咱是善良人，绝不能办那为自己升官发财，坑害平民百姓的昧良心事！"河神说："对，宁愿自己受委屈，不升官，也不办那伤天害理的事。"丹河老人斟满酒，说："来，敬你一杯，祝你今后多给群众办好事！"丹河老人把酒杯举到河神面前，河神满面情思，接过酒杯，一饮而尽。

从此以后，河神仍照常每天晚上来丹河老人这里喝酒，听拉胡琴。丹河老人也有意识地拉些表彰替人民办好事，受到人民尊敬的英雄人物的曲调。河神听了这些曲调，深受感动，也更坚定了替人民办好事的信心，这条河也没再发过大水。沿河群众，安居乐业，到处夸赞河神的好处。一转眼，又过去了三年。

这天深夜，河神又来到丹河老人的防汛庵里，喝着酒，听老人拉胡琴。临走时，河神说："老人家，我要走了。咱俩或许永远不能再见面了！您多多保重吧！"语气很悲伤。丹河老人恋恋不舍地说："为什么又要走？"河神叹了一口气，说："还是那个三年一起度。我在这里已经六年，再不走，成不了正果，就永远没有出头的日子了！"丹河老人想起这些年河神辛辛苦苦地疏导洪水，保护沿河群众生命财产的功绩，想起河神宁愿自己不升官，也不伤害群众的自我牺牲精神，想起他们之间的深厚情谊，不觉流下泪来。停了停，丹河老人问："咋个走法？"河神说："明天午时三刻，有一个人从桥上经过，跌到河里淹死。他就是我的替身。"丹河老人说："只得这样。你走了，总得有个替身呀！"

第二天晌午，丹河老人站在桥头，他要亲眼看看这件稀罕事。不一会儿，桥那头有个青年后生，提着几包草药，匆匆忙忙走了过来。刚到河中心，一阵旋风把草药旋到河里。那药包打着旋，也不走，也不沉，单等青年下去捞。那青年一挽裤腿，就要跳下河去。丹河老人定睛一看，原来是村西头的王小二。他心里一动，连忙喊道："小二，可不敢下去，你在哪里见过东西掉在河里不沉不湿也不冲走？"丹河老人还没说完，忽然又一阵旋风，把那几包草药又旋上岸来。王小二提起一看，果然纸不湿、药不坏，觉得自己运气好，高高兴兴地走了。

这天夜里，河神一走进防汛庵，就带着愤怒的样子，埋怨说："你是咋搞的？"丹河老人说："你可知道，你要作替身的是村西头王小二？他上有老母，媳妇垂病在床，膝下有不满周岁的孩子，你这要一伤四口呀？"河神哈哈大笑，说："咱俩算是想到一块了！我也是想到了这一层，才把他的药包又旋到桥上来的！"丹河老人也笑了，说："难得老弟这样的好心肠，来来来，咱今夜一醉方休！"饮酒中间，丹河老人惋惜地说："这样下去，你不能提拔高升。我也真不忍心！"河神坦然地说："你不是说过吗？踩着别人的尸体往上爬，咱不能干那伤天害理的事！官不在大小，只要能替群众办事，群众就不会忘记你！"一会儿，河神又心事重重地说："我考虑的倒是另一个方面：我屡次违抗黄河老龙王的旨意，他是不会饶恕我的！"

时光流逝，一转眼又过了三年。这年秋天，连降暴雨，洪水暴涨，平地水深三尺。丹河老人鸣钟报警。沿河百姓纷纷赶到河上，抗洪抢险。只见那小山似的浪头上，河神手执引水鞭，指引着洪水，顺着河道，奔腾而下。他左挥右拂，平地的洪水也纷纷归向河槽。谁知在这节骨眼上，“轰隆”一声，一个落地炸雷打来，河神不见了。人们正在焦急，忽听半空喊道：“黄河老龙把我抓走了，丹河老人，你们多多保重吧！”

洪水失去了领引，霎时又溢出河槽，冲向四野，冲向村庄。人们呼天抢地，惊慌失措。丹河老人满脸通红，怒火中烧，想：“这神仙界想替群众办点好事也这样难呀！”他自言自语地说：“我和河神相处九年，也多少懂得些做河神的道道。现在就让我去引领洪水吧！”于是他大声说：“河神为了拯救百姓，违抗了黄河老龙的命令，被抓走了！乡亲们，多多保重吧！”说着他“扑通”一声，跳进了洪水中。

一会儿，只见丹河老人又出现在水面。他披头散发，坐在浪头上，操起胡琴，定好弦，拉了起来。洪水听到那优美动听的琴声，争先恐后向丹河老人涌来。人们就是站在几里以外，也都能听到“哗哗哗”的响声，大家说：“涨河不响落河响。那哗哗的响声，就是丹河老人用胡琴招呼洪水顺河道走呢！”

从此以后，不管发多么大的洪水，这条河没有再泛滥成灾。为了纪念丹河老人，人们就把这条河起名叫丹河。每年秋季防汛，丹河两岸的群众就说：“不要紧，我们有丹河老人保着呢！”是的，在人们的记忆里，丹河还未闹过灾呢！

（李东明　都屏君）

沁河龙盘吉善家

沁河发源于山西，入河南后经济源、沁阳、博爱、温县到武陟县城折东南于南贾村汇入黄河。沁河是黄河下游的一条重要支流，也是三百里怀川的一条主要河流。关于它的名称由来，有这么一个美丽的传说。

古时候，在距今沁阳市区南约7公里的地方，有一个村庄，村里住有一户人家，只父女二人。父亲姓高，人称高老汉。女儿长得白白净净、细皮嫩肉、如花似玉，谁见了谁夸奖，高老汉更是爱如掌上明珠。因为长得太俊，高老汉怕被哪方神仙抓走，就起了个名字叫丑妮。

那时候，三百里怀川常闹旱灾。庄稼收成不好，老百姓生活很苦。这年二月二，正是春耕春种的关键时节，意外地下了一场透雨。高老汉很高兴，雨还没住点就下地查看墒情了。正走着，忽然从西北压过来一片乌云，吼雷闪电，下了一阵血雨。高老汉赶紧往回跑，跑不多远，风停雨住。却听到路旁有人哼哼，走过去一看，竟是一个满头鲜血、浑身伤痕的青年躺在路旁的水沟里。高老汉忙脱下衣裳，给那青年包了头，背回家中，救了过来。可是不论怎样盘问，那青年只是摇头叹息，只字不吐。高老汉再三追问，好言劝慰，他只说："我叫秦河，小名白龙，上无父母，下无兄妹，孤身一人，四处漂流。"高老汉觉得他可怜，就认作干儿子，把他收养起来。从此，他和丑妮就兄妹相称。

转眼到了清明。村里的大财主高员外，外号叫铁公鸡，历来都在清明节招把式（长工）。这铁公鸡心狠手辣，尖酸刻薄，绞尽脑汁喝穷人的血汗。他年年招把式，次次要新花样，今年的方式更特别。他不知从哪弄来一匹烈马，让车把式驯服。谁驯得了就叫谁当把式头，要是驯不了，他就到外村招把式头。连本村的长工、短工也统统辞退。这天，全村的男女老少，都集合在铁公鸡门前的打麦场上，眼睁睁地看着车把式驯马。可是，十几个好鞭头都上去了，不但驯不了那烈马，反而被它伤了。全村人都急得火烧火燎，铁公鸡却手端水烟袋，得意洋洋地欣赏着自己的杰作。高老汉是百里挑一的好鞭头，他气愤不过，提着鞭又上去了。可他还没走到跟前，那马就飞起后蹄，把他踢翻在地。

高老汉被抬回家中，惹恼了正在养病的秦河。他提起鞭子就要走，吓坏了他的小妹丑妮。丑妮跨前一步拉住他的手，说："这玩牲口的事可不是闹着玩的，再说你病还没好，身子又很虚弱……"秦河打断她的话，说："好妹妹尽管放心，这烈马即使是条孽龙，我也要把它的角拧下来。"丑妮没法，只得脚跟脚随秦河去了。

来到打麦场，秦河提着鞭子走近烈马。那马见一个病殃殃的青年走近它，就"咴咴"地叫了几声，"腾"地扑向秦河。秦河眼疾手快，扬起鞭子，空中一声炸雷般响，烈马"扑通"一声跌倒在地，鼻孔鲜血直流。秦河回手朝马屁股一鞭，空中又一声炸雷，烈马又"腾"地站了起来。待空中第三声炸雷响过，烈马站着一动不动，连耳朵也耷拉下来了。人群中爆发出一阵欢呼声："好一个三响鞭！"秦河纵身跳上马背，两腿一夹，烈马就快跑起来。一炷香工夫，秦河骑着马回来了。这时，那马四蹄酸软，阵阵打战，浑身水洗一般，再也烈不起来了。秦河跳下马，把缰绳朝一青年后生手里一塞，说："遛遛它！"

秦河的三大鞭征服了铁公鸡，当下就拜秦河当把式头。秦河不干，铁公鸡死缠软磨不放。秦河说："把式头还是让我爹干，我帮着！"

俗话说：清明过后，安瓜点豆。按照怀川的节令，清明一过就要种植秋粮了。高老汉不违农时，领着把式们到地里点蜀黍。大家干活累了，刚要歇会儿，铁公鸡跑过来，恶声恶气地说："再歇天就黑啦！"

"天黑了咋着？"铁公鸡一扭头，见接话的是秦河，就说："今个下午这块地种不完，每人扣二百文工钱！"秦河毫不示弱，说："要是种完咋办？”“要是种完每人加二百文工钱！”“你说话可算数？”铁公鸡暗自一盘算：这块地八十亩，往年种完都得四五天，如今是头一天，只要赶黑能种完，加二百文也不吃亏。再说赶黑肯定种不完，那又可少支二百文。就硬顶硬说：“算数，现兑现！”

秦河领着大家先刨坑，只见十几张锄你起我落，银光闪闪，不一会就把坑刨完了。秦河让大家歇息，自己把蜀黍籽倒在地头，掂了一张木锨，铲一锨，顺垄扬一下，铲一锨，顺垄扬一下……铁公鸡又看不上了，上前抓住木锨把，说：“这可是隔季下籽，不能当玩儿！”秦河抬手一推搡，铁公鸡跌了个嘴啃地，说：“在俺们那儿都是这个种法，不信？你去看看坑里的籽匀不匀！”铁公鸡爬起来一看，吓傻了。每个坑都匀匀实实摆了两颗籽，不多不少不外撒！铁公鸡暗想：秦河这小子不光能驯马，使牲口，种庄稼也是身怀绝技，不得了。秦河扬完了，就招呼大家说：“盖坑！”又是十几张锄上下飞舞，天擦黑果然盖完了。秦河把手伸到铁公鸡面前，说：“每人给二百文！”铁公鸡想要赖，说：“年底一总算账！”秦河说：“不行，眼下春耕大忙，谁家不需要几个零花钱？你说的，现兑现！”铁公鸡这时是又佩服又害怕，只得给大家发了钱。

别的地块刚种完，八十亩地的蜀黍该定苗了。铁公鸡找到秦河，秦河问：“咋个留苗？”铁公鸡又想耍小聪明，说：“你问它吧，愿留则留！”秦河心想：你铁公鸡机关算尽，我也叫你尝尝老百姓的厉害。他领着众把式到八十亩地，说：“东家说了，愿留则留，咱们问问蜀黍苗，不愿留的一律薅去！”他们到一株蜀黍苗跟前问：“愿留否？”蜀黍苗不吭，扬起锄头盘了。又走到一棵蜀黍苗前问：“愿留否？”蜀黍苗还不吭，抡起镢头又盘了。待到最后剩五棵了：四角四棵，地中央一棵！一阵风吹来，蜀黍苗发出“哧溜”“哧溜”的响声，秦河说：“愿留也不行，只要地中间一棵，四角的也都盘了！”刚盘下，铁公鸡来了，一看八十亩地只留一棵蜀黍苗。顿时气得浑身打战，指着秦河的鼻子大骂，说秦河是存心毁他。秦河说：“俺们可都是照你说的办法办的。蜀黍苗盘下死了，再说也没用了。你说咋办吧？”铁公鸡说：“我说咋办？我全家就靠这八十亩地过活哩！往年少说也收八十石蜀黍，要是打不来粮食，我就扣了你们全年的工钱！”秦河还是那句话：“要是打到八十石蜀黍呢？”“加倍给工钱！”秦河说：“好！一言为定！”铁公鸡说：“说话算数！”

秋庄稼薅过定苗之后，又遇上了百年不遇的大旱。铁公鸡把花辘辘、小辘辘、水车、戽斗、水桶，以至家里的盆盆罐罐，所有的提水工具都搬出来，逼着把式们不分白天黑夜在地里抗旱浇地。一个个累得腰酸腿疼，七窍生烟。大家刚躺在地上想喘口气，铁公鸡提起棍子就是一顿乱打。秦河说：“把式们没明没黑给你干活，你还不把他们当人看，张口就骂，抬手就打，你的良心叫狗吃了？”铁公鸡恶狠狠地说：“眼下正在节骨眼上，这一遍水浇不了。”接着他眼珠一转，又说：“这样吧，要能在五天之内把这遍地浇完，我情愿每人再加二百文工钱！”秦河不假思索地说：“每人增加一串钱，一天一夜就浇完！”铁公鸡暗想：净是吹大话，这么多地，就是十天浇完也得拼命干。就说：“要是浇不完呢？”秦河说：“扣发全年工钱！”铁公鸡巴不得秦河有这句话。

吃过晚饭，秦河说：“爹，你睡吧！我到地里看看！”

高老汉和丑妮在家，一直等到后半夜，还不见秦河回来。估计他是为浇地操心，丑妮就做了两碗酸面叶，盛到瓦罐里去给他送饭。一出村，天上下起了箩面小雨。越走雨越大，离井台老远，就见雾腾腾、白茫茫，隐约看见一条几丈长的大白龙，尾巴缠在井台旁的大槐树上，伸着草篓粗细的龙身，张着大嘴，在那里汲水浇地。丑妮一惊，跌了一跤，差点把瓦罐打烂。待她爬起来再看，又见云开雾散，星光满天。秦河正蹲在井台上休息。丑妮走到跟前，把饭递过去。秦河三下五除二就吃完了，说：“你快走吧，趁下半夜僻静，我还得浇地呢。”

第二天一早，铁公鸡到地里一看，不光他自己的地，就连全村的地，都是透乎乎的墒。奇怪的是：井台没见龙沟，地里不见明水。这透墒是怎么来的？铁公鸡猜定秦河不是凡人。想想自己以往办的缺德事，不由得浑身筛糠，直打冷战。吃不下饭，睡不好觉，整天提心吊胆过日子。不用说，铁公鸡许下的每人增加一串钱的工钱，自然及时兑了现。

整整一个夏季，秦河都领着大家在地里作务庄稼。功夫不负有心人，这一年的庄稼长得特别好。那八十亩地留的那棵蜀黍，经过特殊的管理，杆儿长得有水桶那般粗，穗儿长得有大树蓬楞那般大。结的蜀黍籽儿像石榴籽儿那般圆溜，红亮光洁，活像玛瑙。收获那天，秦河让大家在蜀黍棵下铺了席，人们都站在席上张着布袋口，自己上到蜀黍棵上摇。蜀黍就像下大雨一样往布袋里边流，流满就运走。大家伙干了三天三夜，铁公鸡的粮仓里大圈谷堆小囤满，不论什么地方都放满了蜀黍和其他粮食。铁公鸡高兴得合不拢嘴，连连夸赞秦河和高老汉领工领得好。秦河在蜀黍棵上向下喊："粮仓里都装满了吗？"铁公鸡说："满了满了，屋里院里都放成粮食了。"秦河说："满了，这里也完了！"说话不及，蜀黍棵上连一个籽儿也没有了。原来是铁公鸡答的话茬不对，破了秦河的机关，弄得众把式没得到一点粮食。

秦河和丑妮在一个锅里搅了一年勺，双方你恩我爱，谁也离不开谁。高老汉看在眼里，喜在心上。场光地净以后，经人撮合，高老汉就择"好"给秦河和丑妮完婚。办喜事这天，秦河对众把式和各位乡亲说："咱们种的那棵蜀黍本是件宝贝，原来想问它多要点粮食分给大家，大家也不枉跟我爹干了一年。没想到铁公鸡破了机关而没办成，大家辛苦一年，打下的粮食全进了他的粮仓。现在年关将近，我爹说要让大家过个好年，回家各准备一口大缸，今晚给各家送点粮食。"

新婚之夜，天上下着蒙蒙细雨。秦河和丑妮在洞房里亲亲热热，甜言蜜语，真是有说不完的悄悄话。丑妮忽然灵机一动，开玩笑说："人们都说你是条龙，会变化，你能不能变给我看看？"秦河说："你不怕吗？"丑妮说："都成了夫妻啦，我怕啥？"停了一会儿，丑妮去针线筐里找东西，一伸手，摸到一个凉飕飕的东西，一看，是一条一尺来长、筷头粗细的小长虫，说："你就变个这？这能吓住谁？"说着，掂住尾巴，扔到门外。

突然，一声炸雷响，丑妮感到一股热气哈来。抬头一看，一条巨龙飞进屋来。又一声炸雷，丑妮也变成了一条大龙，双双飞走了。原来，秦河和丑妮本来都不是凡人，是天上的一对龙公龙母，掌管着三百里怀川的风雨阴晴。因为他们可怜怀川人的不幸，私降了甘雨，被罚到下界受苦。如今灾期已满，就升天了。这天夜里，全村各家各户都得到了一大缸粮食，唯独铁公鸡家遭到了雷击，连人带房都被烧了个精光。

人们到地里一看，村外出现了一条河流。大家说：“这是龙爷龙奶临升天时留下放天旱时浇地的。”据说还给高老汉留下一块雨布，天旱时展开放在太阳地里一晒，立时就下开雨了。后来因为人们太懒了，连浇畦菜也要向高老汉借雨布，还常常因此闹矛盾。龙爷龙奶就把这块雨布收走了。并且用龙爷的名字秦河给这条河命名。又因为它发源于山西沁源县，秦、沁谐音，就叫成沁河了。晋朝时，司马氏怕沁河冲祖脉，就把沁河改道成现在的流向，还将龙爷龙奶居住过的村庄取名叫龙盘村。后来，这个村又分成两个村，在北的叫北龙盘，在南的叫南龙盘。还有的说，之所以叫龙盘村，是因为在这里挖出过一具恐龙化石。然而说故事的人是不管考究的。现在，南北龙盘都是木楼乡管辖的自然村。

（李东明　都屏君）

董永遇仙的传说

在国务院2007年6月公布的第一批共518个国家级非物质文化遗产名录中，武陟县的“董永和七仙女传说”榜上有名。与武陟县同为“董永和七仙女传说原发地、原创地”的，还有山西省万荣县、江苏省东台市和湖北省孝感市。

董永与七仙女的传说，是我国广泛流传的四大爱情故事之一。自古以来，它和梁山伯与祝英台的传说、柳毅与洞庭龙女的传说、白蛇传传说，都是深受人民喜爱、哀婉动人的凄美爱情神话传说。

从武陟县城沿沁河左岸西行约20公里，就来到了沁河之滨的小董村。这里，就是董永和七仙女美丽传说的原发地、原创地，也是董永及其先祖——被誉为“古之良史”的晋国太史令董狐的故里。

董狐是我国历史上著名的“不溢美，不枉法”，不畏权贵秉笔直书的史官。据《史记·晋世家第九》记载：“……乙丑，（赵）盾昆弟、将军赵穿袭杀（晋）灵公于桃园而迎赵盾……盾复位。晋太史董狐书曰‘赵盾弑其君’，以视于朝。盾曰：‘弑者赵穿，我无罪。’太史（董狐）曰：‘子为正卿，而亡不出境，反（返）不诛国乱，非子其谁？’孔子闻之曰：‘董狐，古之良史也！书法不隐。’”武陟县小董村人自称良史董家、董狐后裔。

与神话传说中的七仙女不同，董永则是真实历史人物，他就是《二十四孝》中的第八位——“卖身葬父，感天动地”的大孝子董永。据考证，董永是董狐家族传人之一，武陟县小董村人，生于西汉永始二年（前15）二月初三。他幼年丧母，事父至孝，毅然卖身葬父，到傅村傅员外家当推磨长工。一时间，董永的孝道传为美谈。

据传说，董永聪明俊秀，又淳朴善良，尤其是他的孝道，引起了天宫七仙女的爱慕。七仙女遂不顾森严的天规，瞒着玉皇大帝和王母娘娘，下凡来到人间，并请老槐树为媒，邀土地神证婚，和董永结为夫妇。七仙女要为董永赎身，傅员外百般刁难，让她三日内织出一百匹黄绫，给的却全是乱丝。聪明能干的七仙女在众姐妹的帮助下，一夜之间织出了一百匹花团锦簇的黄绫，几经周折，终于换来了董永的自由。从此，他们度过了一段男耕女织的幸福田园生活。不料，刚刚过了百日，玉帝就发现了七仙女私自下凡，勃然大怒，遂派天兵天将强行将她捉回天庭。

在武陟，董永和七仙女的传说已经成为系列，比《搜神记》《太平广记》和杂剧《黄绫记》所述要完整丰富得多。如董永幼年的传说、董永和七仙女相亲相爱的传说、董永路的传说、落仙台的传说、董永卖身葬父的传说、七仙女巧织黄绫的传说、董永识药采药为百姓治病的传说、董永整理民间药方被封为“药王”的传说……

清道光九年（1829）编撰的《武陟县志》记载：“董永墓，相传孝子董永即武陟县人，故有其墓。”“老槐荫，在县治西北，相传孝子董永遇仙女于此。”

小董村至今仍有“汉孝子董公董永之墓”墓碑和“良史堂”董氏家庙遗址，大樊村有槐荫寺，下樊村有落仙台，傅村有傅员外家后花园的石狮、石马，还有董永在傅家当长工时使用的石碾、石磨，小董村至傅村、西大原村之间有董永路……近两千年来，小董村有两个绵延不绝的庙会，一个是董永的生日——二月初三；一个是董永受封为大孝子之日——十一月初十。据说，每逢这两天庙会时节，远近的群众都赶来隆重祭拜大孝子董永，经久不衰。

护国寺的传说

相传西汉末年，王莽篡位，追剿汉室后裔。有一天，刘秀被追杀到了陶村村北的卧龙坡下，四周的王莽追兵云集，杀声越来越高，刘秀无处可躲，仓皇间发现道旁蓬蒿丛中有一间破烂不堪的小土地庙，就想了又想，然后小心翼翼地缩着身钻了进去，藏在了土地公公塑像背后，瞬间，小庙门被一个大蜘蛛网罩住。原来，是一个红色大蜘蛛悄悄躲在远处，静等猎物进网，似睡非睡，正在打盹，猛然感觉蛛网震动了一下，来不及细看，当是逮住了大食，很快就能美美饱餐一顿，高兴得又蹦又跳，赶紧把蛛网缺口密密地封了起来，正要进去查看战果，只听得马蹄声碎，兵丁声喧，一看大事不妙，赶紧离开了这个是非之地，仓皇远遁。大蜘蛛懊恼不已，认为它的行为荒唐之极。其实它也不会想到，就是它这个密封蛛网的举动，带来了它天大的荣华富贵，被封为了神仙，此话暂且不表。单说王莽追兵齐至，四顾不见刘秀踪迹，像梳子一样反复搜查，只见小土地庙门口上的蛛网完好无损，庙内空间太小难以藏人，遂移兵他去。刘秀等天黑后向北逃到了大董村董永家里，得到了董永的救治和接济。第二天天明，村中百姓发现树梢上挂满了河里的杂草，沁河已改了道，从北山根经空中飞落到了大董与陶村之间，河水滔滔，成了一道天然屏障，挡住了王莽追兵，给了刘秀休养生息的机会。

刘秀灭了王莽，在洛阳登基坐了天下后，为了报答当年陶村小土地庙救驾护佑之功，于是派人扩建了原来的破土地庙，庙中供奉土地公公和蜘蛛大仙。

建武二十五年（49），刘秀已到了晚年，有一次重提此事，一心腹大臣上前奏道："陛下，蜘蛛大仙俗称不雅，一定是天意护刘，玉皇大帝差了张天师下凡，相助吾主。您想，'张'开'天师（丝）'大网护佑吾主，岂不是'张天师'吗？董永也不是凡人，也是天意所使，才得与吾主相见。臣恳请圣上降旨敕建'护国寺'，以酬谢二位神仙救驾护卫之功。"刘秀听了大喜，立即传旨敕建护国寺。寺中除了供奉佛像，还隆重敬奉张天师和董永。护国寺规模宏大，有三座大佛殿，再加上东西廊房、套房和山门等，共有建筑二十七间，一色的筒瓦青兽，彩釉屋脊，南北长175米，东西宽162米，占地面积28350平方米，合42.5亩。北宋绍圣年间，明嘉靖四十一年（1562），清康熙、乾隆年间又多次重修，气势恢宏。现在护国寺又修复一新，为武陟县文物保护单位。寺内珍存有明、清两代石碑五通。这些古老碑刻记述了两千年来陶村护国寺的沧桑巨变和社会变迁，是极其珍贵的文化遗产和历史见证。

（丁文治　陶泉竹／口述　王光先／记录）

樊哙庙的传说

武陟县城南十五里有涧沟村，西南约二十五里旧有“舞阳楼”（又名樊哙庙）。提起樊哙庙和涧沟，人们就会想起樊哙的一段传说。

相传，在两千年以前，楚汉相争的时候，樊哙是刘邦部下的一员骁将。樊哙生于沛县，和汉高祖刘邦同是吕家门婿。樊哙生得膀大腰圆，力大无穷，斗酒半羊方能一饱。当时不被器重时屠狗为生，后来刘邦与萧何里应外合杀死沛县令自为沛公的时候，便把他收到手下，鸿门宴以后，更成为刘邦的亲信。

公元前 205 年，项羽兵去山东攻齐，刘邦便纠集附近诸侯之兵乘虚攻占西楚首都彭城。在荥阳又和项羽杀回的兵相遇。刘邦兵大败，几乎全军覆没，只有手下勇将樊哙保护刘邦。

刘邦无奈只好北渡黄河来到了黄河北岸的杨庄。刘邦被追杀得人困马乏，回头望不见项羽，就准备休息片刻。刚刚坐稳，只见黄河岸边尘土飞扬，人喊马嘶。刘邦与大将樊哙向西北逃跑。突然，一道深深的寨沟挡住了去路。沟上没有桥，沟内水深，又没有船，战车被困在沟南。项羽兵马已越过黄河土堰，大喊：“活捉刘邦！”刘邦吓得面如土色，险些从战车上栽下来，只见大将樊哙抽出剑向马屁股猛刺，战马疼得向前一跃，跃过寨沟。

战车越过寨沟，可是车轴被跌折了，后面的项羽兵马离寨沟越来越近。刘邦看到项羽的人马大叫道：“天灭我刘邦也！”大将樊哙急得团团转，附近连棵树也没有，樊哙心一横，牙一咬，抽刀砍断自己的胳膊当车轴。刘邦慌忙又向西北逃去，樊哙因流血过多昏了过去。

公元 202 年，刘邦灭了项羽建立了西汉王朝，便封樊哙为舞阳侯。刘邦为了不忘自己遇难的寨沟，就把杨庄改为“涧沟”，后人为了纪念刘邦，就在涧沟建立了汉王庙。樊哙死后，人们为了纪念这位大将，就在当年的战场上，现北郭乡蔡庄村北修建了樊哙庙。

（马利仁　雒名叶 / 口述　孙达人　侯生轶 / 整理）

三陵冢和金钥匙

温县番田乡三陵村西果木园中，成“品”字形排列着三个陵墓，虽经十几个世纪的风雨侵蚀，现在仍有十几米高，每个占地一亩左右，由此可以想见当时的规模。据地方志记载，这三个陵墓是三国时司马懿的祖陵。老年人传说，三陵村原是看守陵墓的人住的地方，后来形成了村庄，就以三个陵墓为名起名为三陵。

司马懿是温县招贤村人，招贤村离三陵村二十多里远，他为什么要把祖陵埋在这个地方？传说这是块“宝地”，叫“凤凰单展翅”。三个陵墓正处于凤凰头上，现在的村庄是凤凰身，村南隐约可见土堤，是凤凰展开左翅，猪龙河折向这里是“猪龙朝凤”。司马懿给祖上陪葬用的纸马等后来都变成活的了，就因为吃了这块“宝地”的地气。这块地到底有多少宝贝、多少灵气呢？

传说不知道多少年前有一个不知道多大的官埋葬在这里，修了一个很大的陵墓。陵墓边住着一个忠厚勤劳的老人，一家人在陵墓边开了一小片地，在这块地上种了几畦黄瓜，想卖几个钱养家糊口。在他的精心管理下，黄瓜长得谁见谁夸。其中一棵瓜秧上结了一个大黄瓜，足有三尺多长，头上还长了一个弯弯的钩儿，太阳一照，像一把金光闪闪的钥匙，老人就把这个黄瓜留成了瓜种。

一天，老人干活累了，坐在地边大树下休息。他抬头望了望天，太阳快落了，正要收拾东西回家，忽然见天上一块彩云飘呀飘地飘下来了，彩云上站着一个仙女。她对老人说：“老人家，这个黄瓜是开冢门的金钥匙。今天半夜你把它摘下来，用手捧着，绕着陵墓左转三圈右转三圈，把黄瓜往陵墓上一靠，陵墓的大门就开了。里面的宝物要多少有多少，但千万不要动看墓门的那条大狗。”说罢，彩云就飘呀飘地飘走了。老人似信非信，揉了揉眼睛，可自己一没有打盹二没有做梦，明明是亲眼看见的啊！正疑惑间，忽然听见背后树林里有人哈哈大笑，随后窜出一个人来。

老人一惊，扭脸一看，只见来人五短身材，胖得像个油篓，鲶鱼嘴上稀稀落落地长着几根黄胡子，眼镜后面的两只三角眼，眼珠子骨碌碌乱转，老人一眼认出这是离此不远的一个姓万的财主。这家伙是佛像脸上刮金、老鸹腿上割肉的财迷。家里挂着千顷牌，房屋无数，骡马成群，还嫌不足。他买通官府，上大堂如走平路，编着圈想着法儿祸害别人，因此穷人背后给他起了一个外号“万人恨”。这天他去县衙门里找他那些盟兄把弟喝酒，一直喝到天快黑了才回来，可巧来到小树林边见那块彩云下来了。仙女前半截话他倒听见了，后来光顾着看仙女的姿色，一走神后半截话一句也没听着，光知道大黄瓜是金钥匙，可咋开墓门呢？脑子一转就来哄骗老人了。

“万人恨”一脸奸笑地说：“老人家发财了。”老人冷冷地说：“嘴还顾不住哩，还发啥财？”“万人恨”哈哈大笑地说：“老人家咱明人不说暗话，刚才仙女说的话我全听见了，咱俩合伙，弄出来东西二一添作五。”见老人带答不理的，随即脸色一变：“大概你也认识我，别不识抬举，我只要二指宽的条子往衙门一送，嘿嘿！恐怕等不到半夜你就蹲监房了。那时弄出来的东西我可要独吞了。”他扭脸朝树林里叫一声：“狗儿，今晚咱爷俩不走了，你把马牵过来吧！”随即一个狗腿子从树林里牵出一匹高头大马。他又得意地笑了，并对老人说：“咋样？合伙吧？”老人咬了咬牙说：“好。”“万人恨”说：“这就对了嘛！谁还害怕钱咬手呢！”

半夜时分，老人家摘下大黄瓜走到陵墓旁，按仙女教给他的办法，手捧黄瓜，左转三圈，右转三圈，把黄瓜往陵墓上一靠，就听见“呼啦”一声，眼前立即闪出一个敞开的大门。大门里面明灯蜡烛，一头金光闪闪的马驹还拉着磨，在磨豆子，旁边坐着一个俊闺女正准备箩面，门口还卧着一只长毛大狗。“万人恨”和狗儿在前，老人在后，三人就进去了。

老人进去后，见磨上的豆子亮闪闪的颗大籽圆，心想：“用这豆子当种子还不错！”就抓了几把，装进口袋。扭头看“万人恨”和狗儿，又是卸马驹，又是往口袋里装金子，“万人恨”嘴里还说着：“狗儿手脚放快一点，弄出来俊闺女归我，我把她当成小老婆。马驹咱俩伙分，咱用它盖房买地，哈哈！高兴了咱还可以弄个官儿当当！”老人不由得一阵恶心，心里想：“这个家伙如果当了官，不知咋样祸害穷人呢！得想法儿治他一治！”他走出陵墓，从地下摸着一块砖头，照着陵墓的那条狗砸去。

这时“万人恨”和狗儿也牵马拉人走到门口，“万人恨”又吩咐狗儿：“狗儿，快！把马给我，你把这条大狗也抱出去！”狗儿刚弯下腰，老人砸过来的砖头正到，一下子砸到长毛狗的腰上，就见长毛狗一下子跳了起来，“汪”的一声就把狗儿扑翻在地，吓得“万人恨”就想往外跑，可又舍不得金马驹和俊闺女，一犹豫，陵墓的大门“呼啦”一声关上了。

老人回到家里，掏出豆子一看，净是圆滚滚的金豆子。他就把这金豆子分给穷乡亲们，变成钱，买了粮食和衣服、农具过起日子来。

后来这个故事传到司马懿的府上，他就看中了这块宝地，祖上的陵墓也就定在这里，并派了好几户人家看守，之后住的人越来越多，就成了今天的三陵村。

（赵乾杰）

石铺岸与混江龙

相传，唐朝贞观初期的一年夏天，连降暴雨，河水暴涨，致使黄河两岸决口，北注海河，南灌淮河，千里中原一片汪洋。唐太宗闻讯，亲临察看。他登上邙山头，放眼东望，只见洪水茫茫，漂尸纵横，惨不忍睹。他回到长安，立即派遣定国公尉迟敬德带领十万人马，拨给官银一百万两，前来赈济灾区。然而这对于广大灾区来说，也只是杯水车薪，无济于事。

大水过后，唐太宗又命尉迟敬德屯兵河阳，会同百姓治理黄河。敬德把沿黄各渡口的船只组织起来，编成船队。把沿岸各村的车马组织起来，编成车队。把所带大军和百姓组织起来，分成三班人马，一班到新安、渑池、济源的山上开采石头，一班跟随船队、车队搬运石料，一班在黄河岸边清基筑坝。农忙时军民一齐耕田，农闲时运石修堤。历时三个春秋，在黄河两岸筑起了两道石堤。据传大堤底宽五丈，顶宽三丈，高三丈，单在河阳境内就有七十华里长。人要过黄河，得上四五十阶石磴才能翻过石堤。站在堤外，连船的桅杆梢都看不见。使黄河由滩河变成槽河，而且石头全部用江米汁和石灰灌砌起来，不怕洪水冲刷，坚固耐用。堤成后，唐太宗亲临巡视，给它题名为“永安堤”，老百姓都称其为“石铺岸”。

此后，唐王朝为了防止河道淤塞，又派遣专门官员，打造了一百艘大船，船底安装利刀，船尾拖挂铁链，由三门峡到入海口来回搅动，让黄河把泥沙带到海里。人们称这支船队为“混江龙”。

石铺岸和混江龙给两岸人民带来了平安年景。年年粮丰物阜，家家安居乐业。

到了北宋末年，金兵南侵，宋王昏庸，不思抵抗，弃都南逃，混江龙的船只也被纳入战争行列，运兵载粮，毁坏尽净。一没了混江龙，石铺岸也一年一年地被淤积于黄沙之中。

石铺岸和混江龙虽然早已荡然无存了，但尉迟敬德率领军民治理黄河的传说却一直流传在民间，至今不泯。

（刘式文　马久智）

黄河大鼓祭河神

“我家住在黄河边，种地全靠黄河滩，水患风沙年年有，擂响大鼓庆丰年。”这是孟州东乡村民打大鼓祭河神，随行的花鼓队、高跷队表演时的开场唱词。

孟州，地处黄河之北，古称河阳，明代属于怀庆府。孟州东乡溴水旁坐落着一个古老的村庄叫“船村”。东西长五百步，南北阔四百五十多步，土城墙合围，四面置砖碹城门。村中十字街道，西高东低。东南隅有一个二十多亩大的老坑，村民说那是船舱；东西大街两边，各有八九条过道，村民说那是船桨；尤其是东门外，有一棵树龄五六百年的大杨树，六个成年人张开双臂才能合抱住，树高有十多丈，村民说那是大船的桅杆。

船村由来很古，因为该村坐落在古溴水之阳，溴水即济渎之水，今名潴龙河。出村西门不远是马鞍坡，坡下是溴水故道。相传商周时期，溴水河面宽水也深，坡下是一个靠上游的古渡口，人们就自然而然称这个船村为上口村。相传古溴水是黄河的一条支流，“逢黄而入，逢济而出”，所以代代人都心系黄河，信仰黄河之神，如前所唱“我家住在黄河边……”

上口人信仰的黄河之神，化身是村东门外的大杨村。传说大杨村是灵源公的住所，由杨二郎守卫。人们对灵源公并不了解，说起杨二郎却头头是道，故把杨二郎作为黄河之神，历代崇拜祭祀。

不知什么时候，怀州的州官做了一个怪梦：“河阳东乡的船村东有座龙王庙，庙前地下藏着一条黄龙，现在正向东游走，必须挖沟拦截。因为黄龙游到哪里露面，哪里就要变成大江大河。”州官一发令，乡民齐行动。挖头道沟一无所获，挖二道沟略现异常，挖第三道沟，发现有麒麟怪兽。这第三道沟离溴水很近。跟随挖沟的风水先生见状，说："黄龙已进入溴水，明早会在大河露面。"大河打不过黄河。第二天上午，不少人都赶到黄河岸边去看分明。近午时分，果然从黄河水中伸出两只大手，一只手掌上有"杨氏将军"，一只手掌上有"守卫江河"各四个大字。在场的人赶快伏地叩头，再三跪拜。

时隔不久，人们把黄龙入水的地方起名为黄庄村。三道沟在近年被填平了，黄庄村仍在传说三道沟的故事。再看船村上口东头的龙王庙，庙前的大杨树成了守卫大河的黄河之神杨氏将军的化身，被黄河人世代崇拜。

历经沧桑，世态多变。为避免黄河洪水泛滥，大水漫滩，淹没农田，上口、下口一带的东乡人，每年春节都要以大杨树为载体，祈求黄河之神，祈求水遂人愿，五谷丰登。临近春节，东乡人会把一块块红布上写"灵应"祈语的布牌，张挂在大杨树的树围上。灵应牌一层一层布满大杨树周身，树下满是供案供果，香民像蚂蚁行水，香灰累积成丘。从正月初一到元宵节，最隆重的祭拜仪式是正月初一到初五的黄河大鼓表演，阵容惊人。

两面二人抬出的大铜锣各在一边，三步一单击，五步一双击，以做鸣锣开道。锣后各有一杆竖旗标，高九尺，宽一尺三寸，红底黄花牙边。一标上书写"河沿孟州上口村"，一标上书写"黄河大鼓祭河神"。旗标中间是四人抬着的供果大案，案两旁各有四面红绿相间的三角形龙凤旗作护卫。供案后一人操着大铜钗，是全队的指挥。大钗猛扣下落，表示鼓乐暂停，花鼓、高跷同时表演。

黄河大鼓共有十三面，其中四人抬二人敲的大鼓一面，其余十二面，鼓面直径均为二尺六寸，统称挎鼓。每鼓二人，一人背挎在肩上，边走边打，一人背着鼓架，定点演奏时让鼓落架，二人轮流击打。游走时挎鼓分为两队，每队六面鼓，大鼓在其后，四人管抬，落架后二人同时敲打。鼓队两边有手执铜钗和大小不等的铜锣领队。乐队前是管击打的七音铜锣领队。鼓乐队有鼓歌乐谱，共四章十二节。四章，乡老们定名为：春华秋实，夏书育力，秋丰稠土，冬爱孝亲。每章三节，均按月序定名。演奏委婉动听，时而鼓声雷动，响彻云霄；从合奏混响，到各显其能，金草土木，绿竹管弦，节奏分明。

花鼓队一般 6 ~ 9 人，多为少年儿童装扮成男女老少，扭走舞动。哼唱民间小调，如《王大娘钉缸》《李二娘担水》等。内容大多为乡老自编，如前“我家住在黄河边，种地全靠黄河滩，风旋黄沙冲天起，活像黄龙飞上天。要问风力有多大，掀那石磨打烧饼，推那石碾盘盘转，路东有个大枯井，一下旋到路西边。二郎发怒显神威，大手一举保江山。”还有修堤护坡、塌滩毁田等。亦有“四季歌”“秋收冬藏”之类。高跷队人数不限，但必有一人踩低跷，能翻转蹦跳，会摔叉的“丑角”，以活跃气氛，增加情趣。固定表演场所是龙王庙前杨大仙树下。在“水旱蝗汤”四大灾害的苦难岁月里，东乡人从不忘一年一度用黄河大鼓表演来祭祀黄河之神，祈求人寿年丰。那时，花鼓队的花鼓唱词还有：

杨大仙，睁眼看，看看我们多艰难。
黄水漫滩倒不怕，就怕塌滩毁庄田。
遇到大旱风沙起，还有飞蝗吃净干。
天灾不断又人祸，牛毛杂税像雪片。

杨大仙，睁眼看，香火供果发誓言。
您能大旱降甘露，您能大手挽狂澜。
祈盼风调雨又顺，人寿年丰保平安。
来年给您换金妆，黄河大鼓响云天。

日本鬼子进村后，以上口为代表的黄河大鼓祭河神的活动被迫停止。新中国成立后才又恢复生机。

孟州东乡上口村的黄河大鼓祭河神有四个特点：一是陈究可观，鼓乐、花鼓、高跷等表演者近百人。在固定场地表演，还有手执哨棒的 4 人负责维持观众秩序，保护演奏人员的安全。二是目的明确，主题鲜明，以村头大杨树为载体，以杨二郎为化身，祭祀黄河之水神，祈愿消除水害虫灾，护佑乡民五谷丰登，安居乐业。三是内容取材本乡本土，表演形式灵活多样。唱词通俗易懂，尤其黄河大鼓，套路清晰，节奏明快，既震撼人心，又悠扬动听；既隆重胜威，又轻松欢悦。四是历史悠久，据家堂谱系，自嘉靖年间至今，袭传 28 代。黄河大鼓祭河神是非物质与物质交相辉映，深厚的珍贵底蕴文化遗产。现已成为活跃乡民文化生活的重要内容。

（邓宏礼）

堤北莺歌的传说

相传，在金代大定年间，孟州故城在今堤北头村东南一带。大定年间，黄河泛滥，为害城垣，才迁至今址，并在那里修筑堤坝，以防水患，名曰小金堤。“河阳八景”之一的“堤北莺歌”就是指这里的阳春美景。

堤成之后，乡民们在大堤上插了数以万计的柳树，不几年便绿柳成林，浓荫覆地。每到阳春三月，黄莺北归。成群结队的黄莺云集于柳林之中，翩翩飞舞，啁啾歌唱，一声顿起，千声相和，此起彼伏，经久不息。叫声悦耳，音语多变，令人目不暇接，为那十里长堤增添了十二分春色。

那时，堤北住着一对年轻夫妇。时值阳春，生一小女，有感于黄莺集萃，歌声动人，取名莺歌。可那莺歌三岁时，父亲就因劳累过度，溘然长逝，留下母女二人，苦度生涯。莺歌十二岁那年三月，母亲也身患重病，卧床不起。莺歌年幼，无力医治，只好跑到小金堤上，暗自垂泪。忽然间，柳树枝头上一阵啁啾鸣叫，惊得她抬头望去，只见一只老莺叼着一条虫子飞来，巢中雏莺伸长脖子，张着小嘴，叽叫连天，等待喂食。顿时一股救母之情涌上心头：想当初，妈妈要来稀饭先让我喝，煮熟野菜先让我吃。如今我也这么大了，难道能看着妈妈病死不成？于是便爬上树枝捋了些鲜嫩柳叶带回家中，煮熟了放点盐，喂妈妈吃。可那柳叶有毒，不几天，妈妈竟然浑身肿了起来。这下小莺歌可作了大难，救母不成反害了她。于是小莺歌又一口气跑上金堤，难过得呜呜痛哭起来。这哭声惊得满林黄莺飞上她的头顶，欢乐的歌声变成了悲哀的凄鸣，连那柳树也垂下头来，仿佛在替她难过。一时间惊动了八大仙中的铁拐李，他挎着个药葫芦，一瘸一跛地走过来，安慰说：“好姑娘，别再哭了，你的孝心已感动了飞鸟树木，感动了天神，我都看得一清二楚。眼下青黄不接，无啥可以充饥，你就继续采摘柳叶，孝敬母亲，暖和时再搀来这里转悠转悠，不久你妈妈的病就好了。”说罢，对着柳枝吹了口仙气，飘然而去。那枝头的黄莺又骤然“啾啾”地叫了起来，好像在说：“好姑娘，快采柳，采下神柳救你母。”于是，小莺歌又来了精神，按照那老人的指点，继续采捋柳叶，供母亲食用。暖和时，又搀扶着母亲来到小金堤上，看阳春美景，听黄莺歌唱，不到半载时光，母亲的病竟然好了起来。莺歌长大后，为了服侍母亲，招婿在家。明洪武迁民后，居民增多，形成村落，就是如今的堤北头。

（马久智）

莲花池的传说

在武陟城南，沁河左岸大堤脚下，旧时有一池塘。每到六月盛夏，莲花盛开，香色诱人，人们称之为莲花池。

传说明万历年间，沁河在莲花池决口，滔滔洪水冲向新乡，冲入卫河。民工堵了十二年也没堵上决口，负责堵口的黄钦差夜得一梦：堵不住口是因老鳖精作怪，要想堵口成功，需用“堵挡二将军”。黄钦差正愁无处寻找“堵挡二将军”，正好遇到两个小孩儿在河边捉小鳖，一问名字，一个叫堵，一个叫挡，都是决口那年出生的。黄钦差做通了孩子家里的工作，让两个孩子跳入水中，不一会儿，水中伸出两双大簸箕般的巴掌，把老鳖精捉住了，堵口很快成功了，但两个孩子再也没有上来。后来人们在莲花池边竖起来“堵挡二将军”的功德碑。

莲花池作为一个地名出现在史书中，最早是在明隆庆四年（1570）。从那年起的 17 年间，沁河于明隆庆四年，万历七年、十二年、十三年、十五年五次在莲花池决口。其中以万历十五年（1587）最为严重。据《河防一览》：沁河大水，莲花池决口，口门宽达 1450 米，金圪垱、获嘉、新乡一片汪洋。

莲花池所处位置作为沁河防洪重要险点的历史，却要早得多。正是因为沁河在武陟木栾店屡屡决口，才逐渐在老口门处形成了莲花池，有沁河水渗入，故能常年保持水丰莲盛。

因为莲花池是沁河屡堵屡决之处，所以历史上不断出现任其自流形成新河道的提议。明万历十五年沁河决口后，提议引沁入卫的呼声很高。常居敬提出“卫小沁大，其势难容；卫清沁浊，其流必淤”。明朝政府最终放弃了这个疯狂的设想。

明万历十六年（1588）潘季驯奏称："武陟县之莲花池、金圪垱，其最冲射中要害处也"，组织人力在莲花池修筑埽堤工程，还加固了石堤。"堵挡二将军"传说的背景大概就是这次堵口筑坝吧。

莲花池处的堤防加固好了，但到万历十八年（1590）却在莲花池对岸决口，河道不向东行，直接南行入黄河，改为现行流路。这就是明史中所记："东有沁河，至南贾口入焉。又东北有莲花池。"沁河改道后，莲花池仍然是沁河防洪的重要险点。

没有人知道莲花池是什么时间消逝的。人们的记忆中莲花池就是一片乱坟岗。新中国成立后，这里长期是刑场。1982 年沁河杨庄改道工程后，这里成了一处三角地带，河务部门 1995 年通过机淤加高，使这片地方全部与大堤齐平。2007 年 7 月，笔者与当地文化部门联合查找莲花池碑刻时，走访了不少人，有人坚持说当年淤背前看到过"堵挡二将军"的碑。但当年负责淤背工程的人都说没有别的碑，只移出了"谕东河总督白钟山"石碑和政济桥功德碑。

谕东河总督白钟山碑是清乾隆二年（1737）所立，碑文为乾隆元年（1736）二月二十五日谕旨。白钟山根据谕旨要求，将武陟木栾店（包括莲花池），改归黄河同知就近兼管，驻工加以防守，此乃沁河堤工官办之始。碑文内容为："乾隆元年二月二十五日奉谕：朕闻河南武陟县木栾店沁河堤工关系居民庐舍，每年派民夫修筑，以防水患，按地派钱约计费银二千四百余两，颇为民间之累苦。若设长夫三十名，岁支工食银三百六十两，以省民间二千四百余金之帮贴。着该部传谕河南总河白钟山，照此办理。其设立长夫每岁在豫省存公银两发给，不得丝毫累民，永著为例。倘胥役徒棍等仍有借名科派者，交与该管官严查，从重治罪。"

碑阴："特调武陟县正堂加一级录口次口讳，开元，字希捞号质斋，乾隆丁巳进士士民。"

政济桥功德碑是为沁河建桥而设，正面碑文内容为："沁桥之设，由来久矣，往者桥在木栾店少南，势属顶冲，每遇伏涨，辄以塌告，今移大王庙前，水性既驯，又桥高昔三尺许，桩深入土七八尺不等，虽不敢谓一劳永逸，然地利人力，两者兼之，或可免于一岁一修，且以蓄河流而于风水不无小补云。康熙四十六年岁在丁亥九月望后欲。武陟县知县刘廷用县丞王万杰同立石新志。”

其背面镌刻的清康熙年间“治河条例”颇具史料研究价值。这是清代河道总督张鹏翮于康熙三十九年（1700）六月十七日的奏折，详尽地分析了河工诸情弊，提出了一系列河工措施，得到了康熙帝的赞同。碑文总结了长期以来劳动人民修治黄河堤防的经验，是一个时期内劳动人民智慧的结晶，至今对下游堤防的管理有积极的借鉴作用。

直到民国时期，沁河堤防中也只有莲花池一段由黄沁厅沁河汛管理，其他沁河堤防由沁工所管理。至民国八年（1919）沁河堤工全部改为官办。

虽然明清直到民国对沁河莲花池段都很重视，但其出险原因并没有得到根治。1949年2月，冀鲁豫黄河水利委员会第五修防处开始在武陟大樊堵口。之后在沁河设置管理单位，将沁河纳入了黄河统一管理，进行了3次大复堤。近年还在老龙湾以下开展了标准化堤防建设。莲花池段实施的杨庄改道工程也值得称道。

透过莲花池美丽的传说，隐约可以看到洪水的肆虐和堵口中人殉的影子。沁河杨庄改道工程的实施，使莲花池千百年的隐患得到根治，创造出了新的神话。

嘉应观的传说

清雍正帝当年花费巨资，修建嘉应观这座集宫、庙、衙为一体，风格独特的淮黄诸河龙王庙。如果放在当时的历史背景下，详细考察江苏省宿迁龙王庙和淮安清口“御坝”，并不难理解其缘由。但是由于年代久远，就衍生出一些传说。

目前广泛流传的一种说法，是雍正帝为了感谢他的皇叔牛钮修建的嘉应观。传说是这样的：顺治帝与宫女巴氏相爱，生下牛钮，想立他做太子，将来当皇帝。可孝庄太后以“子以母贵”为由，让三阿哥玄烨做了太子。顺治帝愤懑出家，六岁的玄烨做了皇帝，牛钮母子从此浪迹天涯。按清廷规矩，皇子一旦出宫就视为夭折。牛钮与母亲流落黄河沿岸，历受黄河决堤之危害，当得知自己的身世以后，为了大清的江山社稷，为了苦难的黎民百姓，六十出头的牛钮硬是冒着杀头的危险，只身进宫请旨堵口。当时，康熙帝已是老病在身，十八个皇子又为争夺皇位闹得不可开交。康熙帝经过深思熟虑，来了个借腿搓麻绳儿，将治黄之责和选人之任两件大事托付给自己的兄弟牛钮。牛钮不负重托，带着四阿哥和十四阿哥风尘仆仆到了黄河岸边，一边监督治河工程，一边观察两位阿哥的表现。他发现四阿哥踏实，十四阿哥浮漂。回到北京后，牛钮力排众议，推荐了堵口有功的四阿哥胤祯当上了皇帝。雍正帝为了感谢皇叔牛钮的推助之恩，为出家的牛钮修建了故宫形制的嘉应观，这从一个侧面也反映出，清廷已经承认了他这位“在野皇帝”。牛钮这位有着清廷血统的人，当之无愧地也就成了嘉应观的首任住持。

这个传说虽然离奇，但出现的时间并不长，是 20 世纪八九十年代后出现的。嘉应观中大殿所塑牛钮像也是1992年后才有的。据黄河史志工作人员王法星回忆，1948年他与另外两名同志代表黄河部门接收嘉应观时，中大殿正面为4个“大王”的坐像。这些神像与其他神像后来均遭毁坏。1984年黄河部门将嘉应观主要部分交给文物管理部门，现在嘉应观中的神像最早的是1992年塑的蜡像，牛钮像是那以后才有的泥塑。

在1984年嘉应观重整的过程中，文史资料主要是王小片、冯其祥两位老先生（均已故去）完成的。笔者于2006年曾与王小片先生一起在黄河档案馆查阅清代武陟黄河堵口、筑坝资料，能够理解他创立牛钮传说的用心。1993年笔者就在冯其祥先生引领下观看过东大殿屋檐下一尺来高的“姊妹椿”。1998年转业到河务部门后经常陪领导参观嘉应观，与冯其祥先生熟悉后，听他无意中说起过：“传说嘉应观首任道长姓黄，都叫他黄道长，可不就是皇道长吗？”这也许就是“皇叔牛钮”传说出现的最初源头吧。更为重要的是嘉应观重整后，太需要一些神奇的传说了。其实，在武陟更早出现并广为流传的是关于嘉应观与三官庙的传说。

传说青风岭是一条土龙，从孟州、温县一路来到武陟，在南贾东北角的后赵庄小憩，所过之地全部隆起。然后缓缓东行隆起一道郑岗，郑岗东有一个黄鼠村，村里有个道行很深的风水先生叫毛秀。这天，毛秀突然关起门来，对儿子和怀有身孕的儿媳说：“我要出趟远门，我走后三件事要牢记：一是我外出的事，100天内不准告诉任何人，孙子出生后100天内也不能见外人。二是我回来就活不成了，切记要将我一丝不挂，不用棺材赤身埋葬。三是一定要将我埋在照着郑岗那一亩三分地的地头路边。”嘱咐完毛秀就出门了。

原来，毛秀是算准了青风岭一带要出真龙天子，他是出门撵风水去了。外出的100天里，毛秀沿着青风岭把好风水都撵到了郑岗一带，等回到家就一命归天了，他的孙子此时也刚好呱呱坠地。儿子儿媳不敢怠慢，赶紧藏匿孩子、埋葬老人。儿媳这时提出：“老人家辛辛苦苦一辈子，总得穿条裤子啊。”结果给毛秀穿条裤子埋葬在指定的穴位上。谁知道为多穿这条裤子却坏了大事。

毛秀下葬后不久，坟头慢慢隆起，还长出了一棵柏树。同时，他家的上空紫气环绕、彩霞升腾。皇帝派出的钦差暗访得知情况，便指示地方官府掘开毛秀的坟墓，发现里面没有尸身。钦差跳入墓内细看，发现西南角上有个洞口，急命人沿洞挖寻。结果从黄鼠村向南挖到三小庄的东头，又沿白马河挖到白马泉，掐指一算，整整挖了三个月。这天，终于在白马泉边挖到了。可是毛秀已非人形，变成了一条睡龙。只是后腿和尾部的皮没蜕下来，影响了拱进的速度，这正是埋葬时没有扒掉裤子的缘故。

钦差毁尸之时，距离孩子满百天还差两个时辰。这时毛家已经水尽粮绝，生活困难。赶巧孩子的姑母得知孩子出生没通知她，上门责难，把院门拍得山响。又听到邻居们高喊："毛秀被挖出来了，快去看看吧！"夫妻俩再也按捺不住，同时拉开了房门。

这时，只见一股白气夺门而出，直向东北飘去。夫妻俩倒地，孩子当时闭气。钦差望见白气升空，赶忙命人尾追。追到大城村白气不见了，钦差在隆起的地方建庙镇压。庙未建成，一股白气从地下冲出，直向东南而去，到水寨上空不见了。钦差一面建庙镇压，一面上报朝廷。这时恰逢黄河决口，朝廷急命河道官员在堵口的同时，建造河神庙堵截这股风水，建成后雍正帝赐名嘉应观。因为怕压不住龙脉，还在总穴位上开挖深井，并以巨型铜碑镇压。还不放心，又在碑头上雕三龙、盖玉玺，以皇冠为顶建亭压在上面。

至此，龙脉被捏断，风水被破坏，取代清廷的真龙天子终于没能临世。钦差还在毛秀墓中泥俑身上，找到了将要辅佐新皇的文臣武将的名单，按图索骥，将其一网打尽，统统杀害埋葬在黄鼠村三官庙的后墙边。年深日久，三官庙就被人说成是老鬼庙了。

这明显是将各地广为流传的一个传说附会到当地，用以解释嘉应观的修建。旧有的传说无非要讲"命里有时终须有，命里无时莫强求"的道理，其前面的内容是：老风水先生拿了条"有讲究"的鱼回家，给家人吃，几个儿媳都嫌腥不肯吃。这时来了个要饭的婆子，几个儿媳就把鱼给了这穷婆子。这穷婆子吃下鱼后生下的孩子就是朱元璋。破绽还有：清代沁河已由今河道入黄河，将南贾、黄鼠与郑岗这块地方与青风岭隔开，毛秀撵的风水过河而来？说钦差命人挖毛秀尸体至白马泉、三小庄，嘉应观建成前白马泉有无不好断言，但三小庄确信是清末在此搭庵熬碱的人定居形成的村落。

换了人间

浪淘沙·北戴河（节选）

［现代］毛泽东

往事越千年，

魏武挥鞭，

东临碣石有遗篇。

萧瑟秋风今又是，

换了人间。

堵复沁河大樊口

沁河是黄河三门峡至花园口区间左岸的一条最大支流，历史上灾害严重，素有“小黄河”之称。据史料记载，从公元237年至1948年的1712年中，沁河决溢达293次，淹没两岸县城达18次之多。与黄河一样，沁河下游河道也是“悬河”，防洪任务十分艰巨。在黄河的诸多支流中，沁河下游是唯一纳入国家统一规划治理的河流。

大樊，位于武陟县城西十多公里的沁河北岸，是沁河上的一处重要险工、险段。历史上这里决口频繁，从明嘉靖十五年（1536）到新中国成立前这段时间这里决口就达16次之多。

1939年，国民党军针对日军在南岸五车口扒口南侵的阴谋，在大樊挖决大堤。后虽经堵复，但由于河槽刷深，大溜淘刷，坝埽不固，该处堤防损毁严重。1947年夏，沁河涨水时又在大樊决口。洪水经武陟、修武、获嘉、辉县、新乡等县市，挟丹河夺卫河入北运河。据当时太行四专署调查，泛区面积超过400平方公里，受灾村庄120余个，灾民20余万人。当时国民党军队正利用泛水加强新乡外围防御，因而不予堵复。

1948年11月，武陟县解放。堵复大樊口门遂成为武陟县委、县政府解放后的头等大事。

1949年2月20日，在深入调查的基础上，太行四专署、华北人民政府黄河水利委员会、武陟县政府抽调人员组建了大樊堵口工程处，正式开始堵口工程。

大樊决口处口门宽185米，水面宽130米，水深0.3 ~ 1.5米，东坝堤身塌陷长度180米，西坝塌陷180米，旧河道最大淤高2.73米，口门河底纯系沙土。按施工计划，堵口工程分口门、土工和引河三个部分。口门堵复施工方式为单坝进占。关门占原定用秸料不用柳料。因冬季柳枝无叶，沙质河底不易闭气，后改用柳石枕。3月20日开始实施合龙工程，但终因料物准备不足，运土跟不上，水位不断抬高（临背水位差3米），口门埽占蛰陷速度加快而导致第一次堵口失败。

第一次堵口的失败，受到了当时华北水利委员会的严厉批评。为进一步加强堵口工程的组织领导和技术力量，不久后，黄河水利委员会副主任赵明甫带领工务处处长马静庭和有经验的工程师徐福龄等赶赴现场，认真调查，帮助总结，吸取教训，并具体指导施工。同时，成立了由专署、县和工程处共同组成的堵口指挥部，统一领导指挥堵口工作。

为确保再次堵口的成功，指挥部对第一次堵口的失败原因进行了认真的分析和总结，认为关键是思想上的麻痹轻敌。如不少人甚至个别领导觉得沁河水量小，堵口不成问题，因此从计划到料物准备再到施工，都未能做认真、扎实、细致的工作，对民工的组织管理也相当混乱。合龙施工开始后，则表现为急于求成，对暴露出来的问题不能冷静对待、具体分析，并采取相应的对策加以处理。另外，因多数同志都是第一次参加堵口，缺乏经验，许多事情心中无数，一到紧要关头，人上不去，料物运不上，工程难以得到及时抢护。技术上，则表现为施工计划考虑不周，关键性工程方案制订不完满，甚至脱离实际。如对引河的作用估计不足，冒险用单坝合龙等。

针对以上问题，第二次堵口前指挥部进行了认真的分析研究，并一一制订了具体可行、操作性更强的施工方案和措施。为克服麻痹轻敌思想，指挥部多次召开会议统一思想，统一认识，合龙前又专门召开全体干部职工动员大会进行总动员，从而极大地激发了大家的工作热情和干劲。在第二次堵口过程中，全体干部职工精神饱满，斗志昂扬。在浇土柜时，民工们个个争先，仅用半小时，蒲包、麻袋就填出了水面。在指挥部的统一领导下，对参战队伍、施工项目以及各阶段中可能出现的问题都进行了认真研究，做到分工严格，安排周密。如按大队、中队、分队为单位分别对来自武陟、修武、获嘉、新乡、焦作等地的数百名民工进行编制，任务也重新进行了划分，个别关键岗位做到定岗、定员，职责明确，确保达到“招之即来，来之能战，战之能胜”。技术上，针对第一次堵口时暴露出来的问题，组织技术人员反复研究、论证，制订出切实可行的施工方案，力争万无一失。要求进占及合龙时，要不时探测河底情况，随着口门水流及工程变化，及时变换施工手段。正坝用柳石枕合龙，边坝用合龙埽堵合闭气，实行双坝进堵的稳妥方法。

4 月 1 日，第二次堵口战役正式打响。在指挥部的统一指挥下，各路施工大军齐头并进，稳扎稳打，护岸工程如期被加高出水面 3.8 米。5 月 3 日，正坝、边坝相继合龙、闭气。至此，第二次堵口宣告圆满成功。大樊口门在解放后的半年多时间即告堵复。

引黄灌溉第一渠

人民胜利渠始建于1951年，是新中国成立以后在黄河下游最早兴建的大型引黄供水工程，有“新中国引黄灌溉第一渠”的美誉。人民胜利渠的建设与运用，揭开了开发利用黄河下游水资源的序幕。从建成到现在，弹指间已过70年，人民胜利渠在工程建设、管理、科研等方面为黄河下游引黄灌溉的发展创造了许多先进经验和管理模式，是引黄灌区建设的成功典范。

新中国最早兴建的引黄供水标志性工程

人民胜利渠的许多标志性特征是独一无二、不可替代和动摇的。

得天时之先，兴建时间早。千百年来，治理黄河的历史实际上是一部决口、堵口、防洪、修堤的历史。1949年新中国建立之后，人民治黄不但要除害防患，而且要兴利造福。人民胜利渠于1950年勘查、规划、设计，经中央批准，1951年3月开始施工，1952年4月举行开闸放水典礼。可以说，人民胜利渠是在新中国成立之初，百废待兴，国家仍然十分困难的情况下最早兴建的兴利工程。

得地利之首，选择位置佳。黄河下游的临背悬差较大，具有“悬河”特征，这是易发洪水灾害的直接原因，但另一方面也为引水灌溉提供了便利的条件。人民胜利渠的建设，首选黄河中下游分界线的位置，北岸靠溜，河岸坚固，凹岸建闸，是黄河下游上段第一个引水工程。

得人和之最，政治影响大。人民胜利渠建成后的1952年10月31日，毛泽东主席亲临人民胜利渠视察，并亲自启闸放水。毛泽东主席的到来成为人民胜利渠建设以来最具有政治影响力的事件，是灌区人民最值得骄傲和自豪的大喜事。人民胜利渠也是唯一一个开国领袖视察过的引水工程，因而成为人民胜利渠特有的文化符号。

社会及经济效益的领头羊地位

社会效益显著。人民胜利渠灌区开灌前，我国经济社会处于十分贫穷落后的状态，旱涝灾害不断，盐碱、沙荒随处可见。开灌后，旱、涝、碱、淤综合治理，使昔日低洼荒凉的盐碱地变成高产稳产田，粮食、棉花产量达到了开灌前的 10.7 倍和 5 倍。“吨粮田”“小康村”不断涌现，新乡县七里营乡刘庄村就是因灌区受益的典型代表。改革开放以来，以原阳为中心的水稻种植基地逐渐形成，使豫北的黄土地生产出在全国具有品牌效应的优质大米。同时，灌区在脱贫攻坚、新农村建设、小城镇建设和城市化进程启动后，经济社会呈现迅猛发展的良好态势，使灌区成为豫北最具发展活力的地区之一。

经济效益巨大。自 1952 年开始，人民胜利渠一直都没有停止前进的脚步，把不可能变成可能，把“百害黄河”变成了一条生态文明的幸福河。人民胜利渠灌区控制总面积 14.86 万公顷，浇灌新乡、焦作、安阳 9 县（市、区）47 个乡（镇）的 9.9 万公顷土地，其中自流灌溉面积 5.9 万公顷，淤地改土 6000 多公顷。目前，灌区内每公顷土地年均粮食产量为开灌前的 10.7 倍，使豫北平原一跃成为全国闻名的商品粮生产基地。如今，这座“悬河兴利第一渠”仍在默默奉献，继续书写着“人民的胜利”新时代篇章。

生态效益突出。人民胜利渠改良盐碱地 0.68 万公顷，河沙淤地 0.6 万公顷，地下水补源约 4 万立方米。渠首花果园，曾是豫北地区第一个大型果园。渠首花果园与 50 多公里的干渠两岸林木连成一线，林木似海，花果飘香，形成一条遮天蔽日的绿色长廊，大大改善了人民群众的生活环境和居住条件。

优化水资源配置的示范作用

率先在全国开展了计划用水。灌区注重计划用水和节约用水，并摸索总结出一套适用的管理措施，对下游引黄灌区的用水管理起到了积极的示范作用。近年来，为适应水资源严重短缺的新形势，灌区将计划用水和节水灌溉紧密地结合起来，初步建立起以节水灌溉制度的推行和节水灌溉技术采用为核心，以提高有限水资源的利用效率为目标的计划用水新体制。例如，根据灌区的水资源现状，积极转变灌溉观念，逐步推行节水型灌溉制度和田间节水灌溉技术；结合灌区的节水技术改造，以提高有限水资源的利用效率为目标，加强灌区灌溉用水管理，减少灌溉水量损失等。

率先实行“两水”（地下、地表）配合使用。灌区把引黄地表水和灌区地下水一起纳入水资源统一配置管理体系，形成“井渠统筹、两水联动”的灌溉用水机制，使降雨、地下水、黄河水有机配合，联合运用，实现了灌区水资源的优化配置，缓解了灌区水资源的紧张局势，为黄河下游引黄灌区计划用水，确保国民经济的可持续发展和管理效益的充分发挥提供了新的经验。

率先在黄河上开展了“两水分离、两费分计”工作。为实现城市生活用水和工业用水的精细计量，2004 年 9 月在工业用水口安装了先进的感应测流计量设施，实现了不间断自动测流和准确计量。工业水费从 2004 年起，连年以 2 ~ 3 倍的速度递增，走在全河水量统一调度和“两水分离、两费分计”工作的前列。

引领渠系防淤技术的先进水平

人民胜利渠从开灌初期就十分重视科技工作，先后开展了灌溉试验研究、泥沙观测研究、水盐运用监测研究等，取得了大量优秀的科研成果，给下游灌区提供了许多可以直接借鉴的经验。黄河的主要特征是水少沙多，因而解决泥沙问题是治理黄河的关键。引黄供水同样面临着泥沙的难题，而人民胜利渠的总干渠、干渠、支渠、斗渠都成功地解决了泥沙淤积渠道这一首要难题，创造了半个多世纪渠系不冲不淤的奇迹，成为人们对人民胜利渠津津乐道的技术亮点。

渠首减沙。从源头减少泥沙引入，利用环流理论，采取凹岸建闸、锐角引水、修建拦沙潜堰、安设导流系统等工程措施，使入渠含沙量减少10% ~ 30%。近年来，黄河主流南移后，采用泥浆泵抽淤、机船扰沙，开闸拉渠、拖沙浚渠等方法，延长停水期间引水口的回淤时间。

渠系输沙。人民胜利渠的渠系设计、施工充分考虑了排沙难题，认真研究了渠系落差、比降、流速、流量、含沙量与水流挟沙量之间的关系，通过干渠控制性跌水的建设，改善输沙条件，保持引水引沙冲淤平衡；在渠道来水含沙量较大，斗、农渠不可避免发生淤积时，将井水和渠水混合起来，通过合理配水，降低渠水含沙量，减少了渠道淤积。

终端用沙。早在 1987 年以前灌区就充分利用低洼地作为沉沙池解决泥沙问题。在这些低洼地相继被改造成良田后，灌区全面实施浑水灌溉，这一新举措有利于灌区土壤改良，拓宽了解决泥沙问题的思路，实现了农业与治沙双赢。

渠系景观及黄河水文化的辐射功能

深厚的历史底蕴。人民胜利渠周边丰富的历史文化遗存与这里激水扬波的涛声交相辉映，汴、郑、洛、殷四大古都鼎立在灌区东、南、西、北。渠首对岸有楚汉相争的鸿沟及“决堤代兵”的花园口。人民胜利渠附近还有“万里黄河第一观”——嘉应观。嘉应观是为纪念清雍正帝武陟黄河堵口和钦建的“御坝”而造的，是我国历史上唯一记述治黄史的庙观，文化内涵丰富，可谓展示黄河文化的代表作。从某种意义上说，“御坝”和嘉应观是防患的见证，而人民胜利渠则是兴利的丰碑！

和谐的水体景观。半个世纪以来，人们对人民胜利渠有着一种特殊的感情，就像爱护自己的眼睛一样爱护着人民胜利渠，无论是渠首还是跌水、穿堤闸都是精心设计建造的具有极高审美价值的精品工程。渠首闸为 20 世纪

50年代所建，保留着新中国成立初期的风格特征；穿堤闸是20世纪70年代改建的，闸房为高耸的二层小楼，周围有精美的雕塑和护栏，简洁的文字记述，工整的园林小品，营造了良好的渠与堤完美相交的景观；三处跌水工程不但展示了平原飞瀑的壮观景象，而且精美的闸房工程与林木扶疏的景象融为一体，展现了人水和谐生态美的美丽景象。

治水文化的传承。水是生命之源，人类自古逐水而居且有亲水的本能。黄河孕育了华夏文明，哺育了民族成长，塑造了民族品格和民族精神，是中华民族的摇篮。在中华儿女的心目中，黄河已经成为中华民族的旗帜与象征。当我们看到人民胜利渠汩汩奔流的黄河水时，实际上就等于看到了黄河；当黄河水流入广袤的阡陌田畴，浇灌了干旱的田野，也滋润了人的心灵，实现了物质与精神、物化与文化的同步激励；在黄河水支撑着灌区社会、经济、生态协调发展的同时，也将民族精神与品格、黄河文化与个性不断地渗透，不断地传承，不断地发扬光大。

70年成功经验的启示与展望

人民胜利渠70年来的高效运用，无论从它的文化及政治影响、具体的工程技术措施以及对河南经济社会发展的贡献等方面，都有着不可替代的巨大的引领与示范作用，是人民治黄历史上又一座丰碑，并为当前的水资源管理带来了诸多启示。

人民利益高于一切。人民胜利渠建设运用70年来最主要、最直接的经验，就是把人民群众的根本利益放在最高的位置。当时中国共产党领导中国人民经过了抗日战争和解放战争，抗美援朝又迫在眉睫，但党和政府仍然及时安排修建了人民胜利渠工程。人民胜利渠灌区不但是严重缺水的干旱地区，而且是豫北最贫困的地区，其中一些土地是寸草不生的盐碱地。人民胜利渠送来黄河水之后，在这里浇灌田地，改造盐碱，使这里成了稳产高产的豫北粮仓，给灌区农民带来巨大的收益。人民胜利渠的建设再次证明：中国共产党的初心和使命就是为中国人民谋幸福，为中华民族谋复兴。这是我们党在长期的革命和建设中始终坚持的一贯思想，是新时期全党的奋斗目标。人民胜利渠在今后的管理和运作中，仍要坚持这一宗旨，全心全意为灌区服务好，努力实现好、发展好和维护好人民的利益。

节约用水迫在眉睫。习近平总书记提出“节水优先、空间均衡、系统治理、两手发力”的新时期治水思路。可以看出，节水被明确为当下治水的关键、优先环节。这种转变，意味着我国将从增加供给转向需求管理，从开发建设工程、拓展供水渠道转向侧重于提高用水效率、抑制不合理需求。人民胜利渠在节约用水和优化水资源配置方面不断做出表率。一是每年对区域内的供水项目进行评估，按照年可供水量发展区域内工农业生产，取缔并杜绝高耗水企业，调整产业结构，逐渐减少高耗水的农业种植；二是强化对灌区土壤墒情和有效降雨的科学监测，掌握各主要灌区不同作物及不同生长阶段的需水规律，推广适宜的节水灌溉用水方式，提出灌区最佳的灌溉时机、灌溉水量和灌溉过程；三是不断强化节约用水意识，让全社会重视节约用水，珍惜每一滴宝贵的黄河水，真正让黄河成为造福人民的幸福河。

发展前景无限美好。2019 年 9 月 18 日，习近平总书记在百忙之中专程到河南考察调研并视察黄河，主持召开黄河流域生态保护和高质量发展座谈会。习近平总书记“9・18”重要讲话贯穿了以人民为中心的发展理念，提出了“让黄河成为造福人民的幸福河”的伟大号召。人民胜利渠作为中原大地上水利建设的一颗明珠，必将为豫北社会经济的全面发展继续奠定保障基础。特别是沿黄各级政府协同推进黄河流域生态保护和高质量发展，人民胜利渠得天独厚的水景条件将会引起有关方面的高度重视。随着焦作市委市政府提出的构建黄河、沁河、南水北调“一干一支一引”的水安全保障格局和包含沿黄生态带、南部滩区水源涵养区、沿重要水系和主要交通干线绿色生态廊道的“一带一屏三区多廊”生态保护格局，未来的人民胜利渠将被建成流水潺潺、岸柳依依、花果飘香、四季皆宜的生态旅游一条线。特别是随着黄河北岸标准化堤防的建成、邙山至嘉应观旅游线路的开发，人民胜利渠必将成为璀璨夺目的旅游新星闪亮在黄河人文旅游的深邃空间。

神奇的沁河杨庄改道

沁河，黄河中下游一条重要支流，是有名的“地上悬河”，素有“小黄河”之称。历史上，沁河在武陟决溢频繁，当地有言称，“一部武陟发展史，半部黄河变迁图”。

今天笔者要介绍的，是被喻为沁河治河史上“神来之笔”的杨庄改道工程。

1982年以前，沁河自东向西流至武陟木栾店附近，河道呈现90度急转弯，弯折向南，河道宽度由800米缩窄至330米，形成卡口，卡口处有一座双曲拱桥。河内滩面高于背河地面最高达7米，形势危如累卵。如果木栾店卡口

产生溃堤的险情，就会形成黄沁并溢，影响整个华北大平原的安全。

为了解决这一突出问题，1981 年 3 月 14 日杨庄改道工程开工，修建新左堤，对沁河河道裁弯取顺，向右开辟新的河道宽 800 米，解决了汛期壅水的状况。1978 年河南黄河河务局组建机械化施工队，共有土工机械 266 台，这些机械一开始就全部投入到了沁河杨庄改道工程，1981—1983 年，为改道险工、堤防、大桥完成土方 388.9 万立方米。

1982 年 8 月，杨庄改道主体工程刚刚完工，沁河就发生了 4130 立方米每秒的超标准洪水。汛情最严重的时候，沁河右岸五车口附近水位高出堤顶 0.2 米左右，经抢修子埝才免于漫溢，工程经受住了洪水的重大考验。据分析，如果没有杨庄改道工程，洪水将淹没沁南 5 个乡镇、17 万人口、16 万亩耕地，直接经济损失 1.5 亿元，是杨庄改道工程投资的 5 倍多，工程收到立竿见影的奇效。

提及杨庄改道工程，当地的老百姓无不啧啧称赞，感叹这项工程真的神奇，竟然提前“预测”并且成功阻拦了 1982 年沁河特大洪水，挽救损失无算。

1983 年 6 月，杨庄改道工程全部完成。为保证杨庄改道工程的开展，武陟县老城、南关、东关及杨庄的村民进行了搬迁，整个工程共搬迁 805 户 4675 人，拆迁房屋 4879 间；完成土方 353.6 万立方米、石方 6.4 万立方米、混凝土 1.2 万立方米，投资 2836 万元，荣获国家优质工程银质奖。与此同时，新建的沁河公路大桥开工，历时 2 年零 4 个月竣工通车，杨庄改道各种配套工程也陆续完备。

杨庄改道工程完工之后，沁河左岸上起沁阳村，下至南贾，河道长 34 公里，沁河大堤长 38.095 公里，为国家防总明确的确保堤段。如今，武陟沁河左岸险工 9 处、防洪坝 2 处，共计 210 座工程，其中坝 28 道、垛 99 座、护岸 83 段。引沁涵闸 4 座，沁河滩区耕地面积 2.32 万亩。

今天的沁河左堤，站在 0 公里堤防处，会看到两条大堤蜿蜒向前，通向了两个不同的方向。右侧紧靠沁河河道的是沁河新堤，如今郁郁葱葱，美如画卷；向左延伸的是沁河老堤，在斑驳萧瑟中，诉说着杨庄改道工程那段令人神往的历史。

在近四十年的历史中，杨庄改道工程发挥了巨大的经济、社会效益，确保了沁河左岸不被洪水侵扰，让沁河决堤、洪水肆虐的历史一去不复返。

特别是2021年7月18日以来，受多日持续强降雨影响，焦作武陟沁河出现多次洪水过程。23日3时12分，沁河下游武陟水文站出现1510立方米每秒最大流量，形成了1982年以来最大洪水。在洪水面前，杨庄改道工程修建的新左堤固若金汤，又一次经受住了考验，继续护卫着沁河左岸一方百姓的平安。

岁月失语，惟石能言。

进入新时期，为响应习近平总书记保护、传承、弘扬黄河文化的号召，武陟第一河务局以杨庄改道工程为依托，本着“纪念历史、启及后人”的理念，精心打造了沁河杨庄改道纪念亭。

杨庄改道纪念亭，俗称“八角亭”，占地约1400平方米，共分为两层。一楼展厅以杨庄改道纪念碑为依托，将黄河和法治文化融合展示，治黄重地、与河共舞、金堤永固等黄河文化版面，与宪法至上、普法宣传、河湖长制等法治文化版面有机融合、相得益彰。二楼展厅为治黄文化展览室，通过黄河沙盘、历代治河方略版面、多媒体展示、艺术作品展区等多个区域，全方位、多角度、立体化展示黄河文化。

如今的杨庄改道工程，不仅仅是工程本身的防洪价值，黄河文化价值也越发凸显。2020年，“杨庄改道纪念亭”被授予“全国法治宣传教育基地”，被河南省司法厅授予“河南黄河法治文化带”称号；2021年，沁河杨庄改道工程被河南黄河河务局评为首批“河南黄河文化融合示范工程”，成为打造黄河文化的标志性符号、进一步做好黄河文化保护传播的重要载体，肩负着宣传推介河南治黄文化的重任。

“杨庄改道，共产党领导下人民治黄的神来之笔，挡住了1982年百年不遇大洪水，避免了极大的人口、经济损失，这个纪念亭建得好啊……”

一位居住在附近的老人，在“杨庄改道纪念亭”前流连驻足，赞叹着馆内丰富朴实、还原历史原貌的记载，久久不愿离去。杨庄改道、1982年大洪水，是每一个老一辈武陟人夙夜难忘的深刻记忆，如今通过杨庄改道纪念亭，得到了全方位、立体化的展现，深深镌刻下了历史深沉的印记。

岁月如梭，“杨庄改道纪念亭”便是忠实还原杨庄改道工程的点点滴滴，并将这段时光下璀璨的黄河文化拓印、留影，绽放耀眼华彩，散发出历久弥香的味道。

时光如白驹过隙、飞鸿雪泥，在黄河流域生态保护和高质量发展的漫漫征程上，在“让黄河成为造福人民的幸福河”的不懈奋斗中，武陟黄沁河治理保护早已翻开新的一页，黄河文化保护、传承、弘扬工作也进入了新的篇章。

如今的沁河新堤，固若金汤、春意盎然。

新一代的武陟治黄人，秉承着杨庄改道工程精神，继往开来，接续奋斗，正高歌猛进，一往无前，谱写着新的时代诗篇。

修建沁河杨庄改道工程的前前后后

一

1982年8月2日，沁河发生了1895年以来最大的一次洪水。武陟县小董站洪峰流量4130立方米每秒，超过了新中国成立后设定的流量4000立方米每秒的防洪标准。

上泄下壅，短短的六七天时间，滔滔洪水基本涨到与南岸大堤持平。武陟县五车口一段尤为严重，洪水水位超过堤顶0.2米左右，而且出现裂缝、蛰陷、渗水、滑坡等重大险情31处，有一处发生漏洞，经10万多人抢修大堤子埝才保证了堤防安全。面对如此险恶、严峻的防洪形势，尚未彻底完工的杨庄改道工程发挥了巨大的工程效益，经受住了洪水的重大考验，在堤前水深达3米的情况下，新修的堤防未发生任何险情，洪水安全下泄，确保了沁河下游的防洪安全。

据洪水过后分析，如果没有或推迟修建杨庄改道工程，这次洪水受木栾店卡口和武陟沁河老桥阻水的影响，水位将壅高2.4米，木栾店以上10余公里的右堤会全部漫溢。五车口分洪口势必漫溢分洪。洪水将淹没该区的5个乡、17万人、16万亩耕地，直接经济损失1.5亿元以上（是工程投资的5倍多）。届时，因洪水冲刷，超过老桥桩的设计冲刷深度，北堤也很可能因倒桥壅水而造成决口，洪水将夺卫（河）入海（河），严重威胁华北大平原的安全，后果不堪设想。杨庄改道主体工程完成12天后就产生如此大的社会、经济效益，在水利史上也是十分罕见的。杨庄改道工程成为改革开放之初黄河人为祖国和人民献上的最重的一份厚礼。

“明确的指导思想，合理的工程设计，优良的施工质量，突出的社会、经济效益”，使杨庄改道工程于竣工的当年——1984 年，就荣获国家优质工程银质奖（这次水利工程质量评选仅有两项获奖，金奖被授予天津引滦济津工程）。河南省政府、黄河水利委员会也将该项工程评为优质工程。

二

沁河发源于山西省沁源县，在河南省济源市五龙口流入下游平原地区，于武陟县南贾村汇入黄河，全长 485 公里，其中下游河道长 90 余公里。

沁河下游小董站多年平均年径流总量仅 12 亿立方米，年平均输沙量 814 万吨，平均含沙量 6.9 立方米每千克。但是，其年内及年际间变化悬殊，有些年份会发生特大洪水，威胁下游两岸安全。据调查，明成化十八年（1482）阳城九女台曾发生 14000 立方米每秒的洪水；清乾隆二十六年（1761）洪水泛滥，沁阳城被淹，推估小董站流量 5000 立方米每秒；清光绪十一年（1885）五龙口洪峰流量为 5700 立方米每秒。新中国成立后，1954 年沁河发生了小董站 3050 立方米每秒的洪水。

沁河素有“小黄河”之称。据历史记载，从三国魏景初元年（237）至 1948 年这 1700 多年中，沁河在下游冲积平原决溢 300 多处，给沿河人民带来了深重的灾难。木栾店（今武陟县城）上下河段尤为严重。沁河下游河道堤距宽一般在 800 ~ 1200 米，而木栾店卡口处仅 330 米。左岸为木栾店，右岸为武陟老城（1981 年前），两岸堤防夹峙，河道至此急剧转弯，洪水直冲木栾店险工。该处险工为明万历年间修建，历史悠久，设有坝垛护岸 11 道，长 660 米。在潘季驯治河时，曾奏称：“查得沁河发源于山西省沁州棉山，穿太行，达济源，至武陟县而与黄河合，其湍急之势不下黄河。两河交并，其势益甚。而武陟之莲花池、金圪垱（均在木栾店险工下首）最其冲射要害之地，去岁（明万历十五年，1587）沁从此决，新乡、获嘉一带俱为鱼鳖，今幸堵塞筑有埽坝矣。”清光绪十六年（1890）曾抢大险。据《许公敏督河奏议》记载："这次沁河一日水长一丈八尺，大溜几于堤平，木栾店寨即借堤为墙，居民住寨内者，不下数千家，形同釜底。"最近一次是1947年左岸武陟县大樊决口，淹及武陟、获嘉、辉县及新乡五县（市），面积400平方公里，村庄121个，泛水入卫河。

此外，由于河道受黄河大水倒灌的影响，不断淤积抬高。

在丹河口以下至沁河入黄河口河段已呈明显的"悬河"，一般高出地面2～4米，最多达7米。自木栾店以下至河口段，仍继续淤积抬高。从1957年至杨庄改道工程修建时到1983年，这段河道主槽淤积1.2米，年平均淤积0.046米。河内滩面高出木栾店背河地面5～7米，大堤高达16米，防洪水位高出背河地面12米。

正是鉴于当时沁河如此严峻的防洪形势，才上马修建杨庄改道工程，从根本上解决木栾店卡口险段，确保沁河防洪安全。

三

木栾店卡口，黄沁并溢，是沁河防洪存在的两大主要问题。千百年来，历朝历代都未能解决。新中国成立后，党和政府高度重视沁河防洪治理工作。在对沁河防洪的历史与现状进行深入的调查、分析、研究的基础上，投入了大量的财力、物力对沁河河道、堤防进行大规模的整修和加固，使沁河防洪取得了岁岁安澜、前所未有的巨大成绩。改革开放后，党的各项方针政策日益深入人心，治黄工作也得到了进一步的加强。各项治黄工程措施也得以逐步落实。解决木栾店卡口险段，根除沁河防洪隐患，也很快被提到了各级治黄部门的议事日程上来。

早在1972年，河南黄河河务局在编制的《河南黄河近期治理规划报告》中，就首次提出了解决木栾店卡口问题的实施方案，并上报黄河水利委员会和水电部。后经水电部批准对方案中提出的"木栾店卡口展宽工程"进行设计，并被水电部列入年度计划予以安排，但因地方嫌投资少，而未能实现。

1975年8月5—8日，河南中部淮河流域发生特大洪水。据分析，如果这次暴雨发生在黄河三门峡至花园口区间，伊河、洛河、沁河同时发生洪水，黄河下游将发生特大洪水。沁河防洪形势不容乐观。鉴于此，1975 年淮河特大洪水过后，水电部与河南、山东两省联名向国务院报送了《关于防御黄河下游特大洪水的报告》。河南黄河河务局对防御沁河特大洪水、解决木栾店卡口问题，建议采取重大工程措施，并提出两种方案供决策参考，但最后未能通过。

党的十一届三中全会的胜利召开，掀开了人民治黄崭新的一页。1979 年，《黄河下游工程管理条例》印发试行，组建机械化施工队伍等一系列政策、措施的出台，充分显示了党中央、国务院对黄河防洪的关怀和重视。是年 12 月，河南黄河河务局又一次向黄河水利委员会呈报了《关于加强黄沁河木栾店至京广铁路桥堤段防洪能力方案的报告》。报告通过对“展宽方案”“张计改道方案”“杨庄改道方案”等多种方案的论证、比较，向黄河水利委员会推荐了投资省、占地少的“杨庄改道方案”。至此，解决沁河防洪问题、根除木栾店卡口险段的杨庄改道工程的立项、设计、审批等前期工作进入了快车道。

1980 年 1 月，黄河水利委员会将“杨庄改道方案”报至水利部不久，水利部就下发了《关于“加强黄沁河木栾店至京广铁路桥堤段防洪能力方案的报告”的意见》，同意黄河水利委员会推荐的“杨庄改道方案”。7 月 11 日，河南黄河河务局以豫黄河〔1980〕50 号文报送《沁河杨庄改道工程初步设计报告》。10 月 27 日，黄河水利委员会转发了水利部“关于《沁河杨庄改道工程初步设计报告》的批复”。此后，因有人认为“展宽方案”好，反映到水利部、国务院。黄河水利委员会又重新审查了杨庄改道设计方案，认为该方案既能解决木栾店卡口，又能解决左堤临背悬差大的问题，方案极优，仍确认采用“杨庄改道方案”。不久，沁河杨庄改道工程经水利部、河南省政府批准，河南省政府决定，沁河杨庄改道工程指挥部于 11 月 18 日正式成立。时任河南省副省长的崔光华出任工程指挥部指挥长，河南黄河河务局副局长李献堂、副总工程师程致道及地、县的负责同志任副指挥长。从此，拉开了修建沁河杨庄改道工程的序幕。

四

1981年3月14日，以河南黄河河务局机械化施工队（黄河工程局的前身）、新乡、安阳（原安阳黄河修防处）铲运机队等单位为主的机械化施工队伍进驻施工现场，沁河杨庄改道工程正式开工。

沁河杨庄改道工程主要包括堤防工程和桥梁。

新左堤，自左岸的余原村通过老河道至莲花池，全长3195米。中间利用1200米的老右堤作为新左堤的一部分，消除了临背悬差，原左堤及险工成为二道防线。新右堤，长2417米，与上下游堤防平顺衔接。为保证新堤安全，控导河势，在新左堤布置凹入型险工1处，长1642米，坝垛16道。为了与下游原河道平顺衔接，防止改道段出口发生冲刷，在新桥下游自桥左岸裹头开始向下游做300米的控导工程。它与原河道主槽流向基本平行，引导水流进入原河槽。按照武陟县城建规划的要求，新桥布置在改道的下端莲花池，桥长756.7米，25孔，跨径30米，桥面宽11.5米，为大型预应力钢筋混凝土桥梁。堤防工程是杨庄改道工程的主体工程，为加速建设，采取机械化作业。

堤防工程施工有其特殊性。因涉及汛期，为保证汛期防洪安全，施工的计划、进度、组织等要求得更为周密、严格，施工的阶段性、时效性非常突出。沁河杨庄改道工程的左右堤施工分别安排在1981年、1982年的春季及汛后。因土方量大，机械化作业在河南黄河河务局又是第一次，施工的困难程度可想而知。

右堤土方为152万立方米，计划施工时间仅100天，每天必须确保完成土方量1.5万立方米以上才可能如期完工。开工初期，受移民搬迁、机械故障等因素的制约，施工进展缓慢，工作相当被动。为了争取时间，提高工效，工地指挥部着重在移民搬迁和减少机械故障上下功夫。为了加快移民搬迁的进度，指挥部不等不靠，主动与当地政府联系，做好移民搬迁工作。在省、地、县，特别是武陟县委、县政府的大力支持下，较短的时间内基本解决了这一问题。针对机械故障频繁发生、设备出勤率下降的问题，指挥部首先从解决配件供应、维修人员短缺等基本问题入手，通过组织人员到全国各地采购零配件，抽调、聘请维修技术人员等，做到机械设备发生故障有配件可换、有人员可修。

其次，指挥部组织人员深入一线调查研究，排查问题，研究解决办法，并通过建立健全各项规章制度，培训技术骨干，达到堵塞管理漏洞、规范技术操作的目的。同时，还通过组织召开现场经验交流会、开展“红旗设备竞赛”、树立先进典型等方式，激发和调动广大干部职工和技术人员的工作热情与创造性。施工中涌现出了新乡施工大队程跃进、张启亭等一大批先进集体和个人。

得力的措施，不仅极大地调动了广大干部职工和技术人员的生产积极性，而且也大大促进了施工进度。停机、停车事故不断减少，设备完好率达到90%以上，出勤率也由原来的不到70%提高到80%以上。日完成土方量，一天一个台阶。在全体干部职工和技术人员的共同努力下，到1981年6月28日，右堤胜利竣工，保证了当年沁河的行洪安全，也实现了杨庄改道工程施工的“开门红”。

1981年汛后至1982年6月，沁河杨庄改道工程又顺利拿下了左堤及全部险工、控导工程，从而为迎战1982年沁河大洪水赢得了宝贵的时间。至此，杨庄改道工程的主体工程全部完工。

五

武陟沁河公路大桥，是一座大型预应力钢筋混凝土桥梁。在当时，这样的桥梁，河南省仅有两座。完成这样的桥梁，关键在桥桩的施工。河南黄河河务局第一次承建这样的大型桥梁，能行吗？

1982年3月8日10时，担负武陟沁河公路大桥桥基部分施工任务的新乡灌注桩队按计划开钻。经过28小时的奋战，于9日13时30分顺利完成了第一根桩的成孔任务，钻孔深41.317米，成孔超深1米。10日，当夜又完成了焊接和下钢丝笼任务。11日，下完浇筑导管，又进行了二次清孔，并做好了浇筑前的各项准备工作。3月12日，武陟沁河公路大桥第一根桥桩水下浇筑成功，宣告第一根桥桩顺利诞生。能够取得如此快的施工速度，完全取决于施工中应用的最新科研成果——1.5米多功能潜水钻机。

早在杨庄改道工程开工之前，河南黄河河务局就组织有关工程技术人员对施工中可能遇到的主要技术问题进行科技攻关。武陟沁河公路大桥桥桩桩基成孔钻机的研制革新就是其中一项。老式钻机因受钻架、钻头、动力设置等多种因素的影响，施工效率低下，完成一个40米深的钻孔需一个多月。河南黄河河务局彭德钊、辛长松等负责的科研攻关小组，从钻机的关键部位入手，大胆进行科研革新。通过他们的艰苦努力，刻苦钻研，攻破了一个又一个技术难关。如变单一钻架为多用途钻架，钻头由三种改用一种，钻切削土层的钻刀改为高强度合金刀排等。这些技术革新成果的研制成功，极大地提高了钻机的施工效率。武陟沁河公路大桥施工中，新钻机大发神威，共启用两台，完成桥桩48根，仅合5天一根，而且用这种新型钻机具有造孔质量高、成孔规顺、扩孔率小等优点。据分析计算，如果不用1.5米多功能潜水钻机成孔，由老式钻机来完成，武陟沁河公路大桥将至少推迟一年建成，不仅增加巨大的经费支出，而且更重要的是延误工程进度，耽误通车，由此可见其巨大的社会经济效益。

此外，在大桥的其他项目施工中，也进行了一系列的技术革新，如解决模板接缝漏浆、横隔板拼接形式、模板退丝松动、震动器损毁率高、拔管时胶管断管率高、缩短浇筑混凝土时间、大梁吊装等。这些技术革新成果的应用，不仅有力地确保了大桥建设质量，而且极大地提高了施工效率。因此，大桥施工过程中，尽管多次受到汛期洪水的影响，却并未延误工期。武陟沁河公路大桥于1984年6月胜利竣工，杨庄改道工程全部完成。

六

杨庄改道工程所发挥出来的巨大社会、经济效益，将不断书写其光辉的历史。闪闪的奖牌将永远记载着它的辉煌过去。更重要的是，它给河南黄河河务局迎接改革开放大潮、迈向社会主义市场经济带来了深远影响。

1.5 米多功能潜水钻机的推广应用，在完成杨庄改道工程后不久，其改进型又成功地打入郑州黄河公路大桥建设，再显神威。1984 年，1.5 米多功能潜水钻机分别获河南省科技成果二等奖、水电部科技成果四等奖；1985 年，“大孔径多功能潜水钻机的研制和应用”获国家科技进步三等奖。它的主要研制者彭德钊同志，也因此赢得了人们的尊敬，先后被全国总工会授予“全国优秀科技工作者”，获“全国五一劳动奖章”，被国家评为有突出贡献的中青年专家，享受国务院政府特殊津贴专家，并当选全国政协委员和河南省政协委员。

1982年沁河超标准洪水

1982年8月2日，沁河发生了百年一遇超标准洪水，洪峰流量达4130立方米每秒。这场洪水给沿河百姓带来了巨大损失，时至今日，每当提起那场洪水，经历过的人们仍难免露出恐惧的神态。

沁河是晋豫两省流域内百姓赖以生存的母亲河。温顺时，它忠诚地为人类提供服务，造福百姓；发怒时，它浊浪排空，屡屡对沿河生灵实施粗暴掠夺，危害一方。时光回到40年前，仅以上游的山西省沁水县与下游的河南省武陟县为例，看看那场洪水的肆虐与疯狂。

1982年8月2日，是个令沁水人民刻骨铭心、永远难忘的日子。这一天，沁水县发生了一场特大洪水，县城几乎遭遇灭顶之灾。8月19日的《晋东南日报》以《洪水无情人有情——沁水县抗洪救灾纪实》为题，详细介绍了沁水县军民抗洪救灾的情况：早在7月8日和9日，沁水县就遭遇了狂风暴雨和冰雹的袭击，特别是城东的9个公社损失惨重。从7月29日开始，沁水县再降暴雨，全县更大范围受灾。

抢救被围困的县城群众

1987年出版的《沁水县志》载：“8月2日，连降暴雨，总降雨量达411.4毫米。县城街道水深两米，全城被淹……据油坊水文站核定，这是300多年来罕见的洪水，全县21个公社社社受灾，涉及293个大队，占大队总数的86%，因洪水死亡30人；经济损失总值达1亿1千多万元。”这短短数语，已足以令人感受到其背后的惨景了。1981年，沁水全县的财政收入为307.8万元，洪灾造成的经济损失，几乎是这个数字的40倍。经济损失可以估量，洪水给全县20万人民造成的精神创伤就难以估量了。

洪水给上游造成了巨大灾难，从五龙口出山进入下游90公里防洪河段后，更是惊涛拍岸，凶猛异常。7月29日至8月2日，沁河流域和三门峡以下黄河干流区间普降大到暴雨，局部降特大暴雨。在沁河武陟站出现洪峰前2小时，黄河花园口水文站出现了1958年以来最大洪水，洪峰流量达15300立方米每秒，形成了黄沁并涨、全线吃紧的局面。

8月10日，原新乡地区黄沁河防汛办公室在向新乡地区防指报送的《战胜黄沁河两次洪峰情况的报告》中这样表述：“……8月2日10点，接到五龙口站4200立方米每秒洪水预报后，地防指立即决定，沿沁各县党、政、军、民立即上堤防守……武陟沁南五车口堤段，堤防较薄弱，部分堤段低于设防标准8分米，洪水时五车口上下近1000米，发生漫溢1.5分米左右的险恶局面。在这十分紧张的情况下，立即组织人员抢修子埝，在洪水到来之前抢修了高1米、顶宽1米、长17千米的子埝，使2日21时小董站洪峰安全下泄，避免了洪水漫溢，保证了堤防和沁南人民生命财产安全。”武陟水文站实测洪峰流量达4130立方米每秒，武陟水文站以20年一遇4000立方米每秒洪峰为防御标准，这是清光绪二十一年（1895）以来发生的最大洪水。

解决沁河超标准洪水的手段是利用沁南滞洪区和沁北自然分洪区分滞洪水。下游偏下的沁南滞洪区民众一面全力抗洪抢险，一面紧急撤离。在部分堤段洪水位超过堤顶21厘米且险象环生的情况下，没有启用沁南滞洪区，避免了一次大灾难。下游偏上的沁阳市沁北自然分洪区内，滞蓄洪量约0.2亿立方米。平均水深0.6~0.9米，最大水深1.6米，损失惨重，幸无人员伤亡。

针对这场超标准洪水，有人做出这样的概括：重灾在上游，惊恐在下游。

难忘北围堤抢险

北围堤，位处郑州花园口对岸，郑州京广铁路大桥附近，归武陟第一黄河河务局管辖。该工程始建于1960年，原是花园口枢纽工程围堤。花园口枢纽工程废除后，鉴于北围堤对控制黄河下游河势的重要地位和作用，按规划，成为河南黄河河段一处重要的河势控导工程。1983年8月，因该段河势陡变，主流北移，河岸坍塌，造成了新中国成立以来黄河上罕见的大险。

河势突变，险情陡生

1983年8月2日22时，黄河出现了入汛以来的第二次洪峰，花园口站流量8370立方米每秒。尽管洪峰流量不大，但因河水流量持续时间长，水流冲刷力大，花园口以上受主溜顶冲，在南岸桃花峪坐弯，加之河心生滩，迫使主流北滚，老滩坍塌。至9日，原有200～1500平方米的滩面，大面积坍塌后，距北围堤堤脚最近处仅剩12米，直接威胁工程安全。

险情就是命令。河南黄河河务局、新乡修防处组织人员实地查勘后，当即决定采用“临堤下埽，以垛护堤”的办法进行紧急抢护。8月10日，由500余名工程队员和民工组成的抢险队迅疾开赴北围堤，大批料物也随即组织抢运至现场，抢修柳石垛。但因边溜淘刷严重，险情扩展，进一步转变为大溜顶冲，并逐步上提。从8月20日起，险情进一步恶化，大溜顶冲段最长时达450余米，严重时有20米长堤顶塌入河中，仅留背河残坡。至9月14日，大河流量减小为2400立方米每秒，河势发生有利的变化。郑州京广铁路大桥上端主溜南靠，北围堤抢险段以南夹滩滩尖被水流冲刷后退，河槽展宽，河势平顺，险情才得以缓解，工程抢护也暂告一段落。

10月7日，黄河花园口出现6900立方米每秒洪峰。两天后，大河流量回落至5800立方米每秒，受河心滩逼溜影响，河势迅速上提，北围堤再次出险。至17日大河流量5100立方米每秒时，溜走中泓，险情才又趋稳定，但整个抢险一直延续至10月底。

狭路相逢，勇者胜

《武陟北围堤抢险技术总结》在谈到这次抢险的特点时，归纳为“时间长，险情紧，用料多，规模大”12个字（总投资达320万元，可比价达数千万元）。其中，“险情紧”表现得尤为突出。“北围堤正在紧张抢险”“河势继续上提，抢险仍很紧急”“情况紧急，险情恶化”“军民奋战抢恶险”等，就是当年险情最紧急时《武陟防汛简报》所采用的醒目标题。

综观整个北围堤抢险过程，大致可分两个阶段：8月上旬至9月中旬为第一阶段，10月中旬为第二阶段。其中，第一阶段险情最紧，抢险最艰苦。

“狭路相逢，勇者胜。”这是时任河南黄河河务局副局长、北围堤抢险指挥和抢护方案制订者的叶宗笠，在20余年后回忆这次抢险时说得最响亮也最重的一句话。

“背杆撵船”是一句武陟地方方言，意思是说，由于事前工作没有准备好、做好，而造成了工作的被动。水火无情。假如在防汛工作中，特别是在抢险的实战中造成了被动，其后果是难以设想的。险情发生后，争取主动，首战必胜，就成了北围堤抢险之初的矛盾焦点。

主溜大幅度摆动，滩岸大面积坍塌，是黄河堤防工程险情发生最直观的预兆。为保护北围堤，抢修柳石垛、抗衡主溜淘蚀就成了初战能否取胜的关键。8月10日，针对即将发生的险情，分别从河南黄河河务局、新乡修防处、武陟县委和县政府赶来的领导决定，由武陟一段工程队和临时组织的数百名民工抢修三座柳石垛。但一经着手，险情即迅速扩大：受大溜顶冲，溃岸很

快塌至堤脚，并迅速延及堤坦。正在进行的推枕防护，也不得不改为抢护速度更快的“下搂厢”。此后，随着河势的不断上提，险情的加重，又先后调来武陟二段、原阳段、孟县段等工程队增援。至18日，经过数千人连续9天的不懈奋战，共抢修柳石垛6个，护岸5段，从而有力地控制了险情的扩大和蔓延，赢得了北围堤抢险的最初胜利。

8月下旬，河势继续上提，险情更加恶化，对抗日趋激烈。21日，因河势大幅度上提，险工长度已发展到1000余米。1号垛及新修的西1垛、西2垛先后着水，并发生了1号垛上首护岸坍塌和大茶堡闸启闭机垮塌入水的重大险情。25日，西2垛以上护岸下蛰入水，西3垛全埽沉入水中，西4垛前半部下蛰。30日，受主溜顶冲的严重影响，险情更加恶化。西6护岸坍塌40余米，塌去临河堤顶有1米宽。31日，西4垛5护岸坍塌跑坝70余米，堤顶塌宽达2米。9月1日，险情最为严重，有20余米长的堤顶全部塌入河中，仅余背河残坡，至此，险工长度也迅速扩展到1800多米。

为有效遏制险情的发展，这期间，在武陟县委、县政府的组织下，县直上百名干部及8万多名民工分6期先后奔赴工地抢险。每天有80多辆汽车抢运石料。运送柳料的汽车、拖拉机达3000多辆次，平车和马车更是多达25000辆次。据时为北围堤抢险技术员的温小国回忆，由于当时通往工地的交通道路仅为一条几米宽的小柏油路，运送柳料的车辆堵塞最严重时，曾长达8公里。

在黄河水利委员会、河南黄河河务局、新乡修防处的统一调度下，封丘、博爱、沁阳等修防段和张菜园闸的200余名工程技术人员及黄河上数位

有丰富抢险经验的退休老工人，加上黄河水利委员会的18位技术骨干也加入了抢险行列。9月2日，省防指针对严重的险情，又急调600多名解放军官兵赶赴抢险工地。9月3日，经过广大军民30多个小时的奋力抢护，险情转危为安。

“狭路相逢，勇者胜。”柳石枕是抢险的有力武器。因此，捆枕、推枕也就成了工地上工作量最大、最重的工作。据《黄河北围堤抢险工作总结》记载，当时武陟谢旗营乡的一组民工在捆枕竞赛中，曾在90分钟内连捆带推柳石枕8个的最好成绩。解放军官兵上来后，更是提出了“心往大堤险处想，脚往大堤险处迈，劲往大堤险处使，汗往大堤险处流，血往大堤险处献，人在堤在，誓与大堤共存亡”的响亮口号。正是有了这种大无畏的革命精神和英雄气概，才最终赢得了北围堤抢险的重大胜利。

10月中旬，险情尽管有所反复，但已属强弩之末。随着河势的变化，至霜降险情终趋稳定。至此，长达53天的北围堤大抢险胜利结束。

北围堤大抢险回眸

规模宏大的北围堤大抢险已跨过了几十个年头。随着时间的不断延伸，它也慢慢地淡出了人们的视野。但对于亲身经历过那惊心动魄场面的人来说，留下的那种深刻记忆是永远难以磨灭的。

当年曾是北围堤大抢险的技术员温小国，回忆起当年测量水流深度的场景，仍感慨不已。测量边溜水流深度，是预估河势变化、制订抢护方案的重要技术参数，在船上完成。方法是将拴有重石的长绳，由船上人工抛入急流中。然后，根据绳入水的最终长度和绳与垂线的夹角，计算出水流深度。危险就出在这一抛一拉中。重石入水后，受水力和重力的作用，急剧下沉。这时，如果操作不当，极易造成人、绳同时落入急流中的严重后果。这样的操作每天都要有一次，而且当时边溜的水深大都维持在15米左右，其危险程度显而易见。另外，为在手感上掌握石沉至水底时的精确时间，又不能戴手套操作。因此，两三次后，手心就被绳挂破了。测一次痛一次，旧伤新口，直至抢险结束。

时任武陟一段段长的刘光琦在谈起北围堤大抢险时，则把临近北围堤的一条小柏油路称为“救命的路”。抢险打的是攻坚仗、料物仗。料物的组织由地方政府和群众来完成，问题不大，但料物能否及时运送到抢险工地，道路是关键。据事后统计，在整个抢险的53天内，半数以上都在下雨。而且往往是在险情最紧急时，风雨交加。北围堤抢险共用柳料1500万千克，石料30000立方米，日最高送柳80万千克。这样的天气，这样大规模的用料，以及这样变化无常的险情，少了这样一条“救命的路”，真是难以想象！

最激动人心的一刻发生在9月2日下午4时。9月1日大险发生后，解放军官兵上来了，更多群众也加入了抗洪大军。时任河南省委书记的刘杰同志乘直升飞机巡视了抢险工地，并于9月4日再次亲临工地视察、慰问。北围堤的险情，牵动着中央和各级领导的心。在险情最紧急时，时任国务院副总理的万里同志，亲自打电话询问汛情。省长何竹康、省军区司令员占景武、副省长纪涵星及黄河水利委员会的领导，也都多次亲临现场指导抢险。河南黄河河务局的领导则长驻工地负责指挥。也正是有了中央和各级领导的高度重视，才取得了北围堤抢险的重大胜利。

温孟滩移民工程

1991年开工兴建的黄河小浪底水利枢纽工程，涉及移民20多万人。1990年，河南省政府和黄委提出在黄河温县、孟县滩区安置新安县大部分移民的设想。经原国家计委（现国家发展和改革委员会）组织反复论证，批准了相应的规划方案。温孟滩移民安置区位于温县、孟县两县南部的黄河滩区，上距小浪底坝区20公里，下距京广黄河铁桥37公里；西起207国道的洛阳黄河铁桥，东至伊洛河对岸大玉兰控导工程以下2公里。东西长约40公里，总面积53平方公里。安置区内安置移民4.46万人，约占小浪底库区移民总数的1/3。

安置区近8万亩土地，地势低洼，大部分为不适宜耕种的沙质土壤。如用于移民安置，一是要解决该区域的防洪安全问题，二是要解决土地改造问题。这两项任务都有较大难度。承担施工任务的河南黄河河务局没有承担大型工程特别是改土工程的经验。然而，该局领导班子经过认真研究，为了支持小浪底工程建设，锻炼施工队伍，毅然决定承揽该工程。

防洪安全是首要

河道工程于1993年10月开工，需要修南、东、北三道堤线，河道整治坝垛124道，防洪标准由一年一遇提高到百年一遇。“沙石、沙坑连片，蒿草一人多深，大风刮起，天昏地暗，飞沙走石，不仅无法开火做饭，有时甚至会把简易工棚给刮倒。为了按时开工，组织几十名职工砍割野草，用了一个星期才清理出一块施工场地。”这是濮阳黄河河务局施工队 1994 年 10 月进驻温孟滩时的施工场景。

河南黄河河务局配合原黄委会水科院（现黄河水利科学研究院）开展了河道模型试验，科学组织施工，关键时刻要求所属单位加压工作。“要像搞好黄河防汛一样真正做到任务、思想、组织、技术、措施‘五落实’，把温孟滩工程干好。”时任河南黄河河务局党组书记叶宗笠如是说。时任河南黄河河务局局长王渭泾这样要求：“温孟滩建设施工的运行机制要适应新形势发展的需要，各级领导和全体施工人员要发扬黄河精神，战胜一切困难，确保施工任务按时、按质、按量完成。”

1997 年 6 月 9 日，当焦作黄河河务局从施工管理处接下大玉兰—下界区东防护堤的施工合同时，距离结束这项施工任务仅剩下 21 天了。要干完原计划 40 天完成的任务，夺回失去的宝贵时间，确保移民安全度汛，生命财产不受损失，这份合同分量之重，可想而知。“这是一项市场经济条件下的政治任务，再大的困难我们也要拿下来。”时任焦作黄河河务局局长李国繁这样表态。

为了赶回失去的工期，焦作黄河河务局人停机不停，人歇机不歇，日夜不停地坚持施工。但因炎热高温，机器连轴转，致使个别设备瘫痪。而新增加的地方上的机手，也因受不了这份罪，连人带机溜号。“减人不能减效！”担任主攻任务的焦作黄河工程局，喊出了响亮的口号。凭着黄河人的那种高度的责任心，终于在当年 6 月 28 日提前两天完成了这项重中之重的关键任务。

2000 年 10 月，河道工程完工，共建丁坝 100 道、垛 21 座、护岸 3 段，总长 13.6 公里。筑坝土方 254.9 万立方米，石方 66.5 万立方米；北岸新修防护堤 21.76 公里，联坝加固 20.94 公里，筑堤土方 188.35 万立方米。

土地改造的挑战

土地不但要按设计淤积抬高，地面耕作层还必须满足质量要求：土壤中粒径小于 0.01 毫米的黏粒含量必须达到 10% 以上，否则就容易出现漏水、漏肥等问题。

大面积薄层放淤对河南黄河河务局来说尚属首次，在国内外也缺少可供借鉴的经验。在黄河天然水流中细颗粒泥沙能满足上述放淤要求的时段十分短暂，成为放淤改土的一大难题。放淤改土工程自西向东划分为四大区，即逯村—开仪区（简称逯开区）、开仪—化工区（简称开化区）、化工—大玉兰区（简称化大区）、大玉兰—下界区（简称大下区）。设计淤填工程量1251.42万立方米，改土工程量726.91万立方米。

温孟滩放淤改土工程于1994年4月开工。“前期我们采取自流放淤的方式，由于来水来沙情况不好，含沙量低，收效不好。我是在这种情况下赶到温孟滩工地的。我在现场看到7公里长的战线上，抽水机械一字排开都在施工。以往冬天不施工，但这次是11月开始施工，省局组织各市局的人员、机械过来，上了一千多口人。主要是用对口抽，大家都在抽，时常抽不出水来。起初以为完不成任务，实际到年底不仅完成机淤任务，而且自流放淤任务也完成了，受到水利部通报表彰。”时任焦作黄河河务局副局长赵子芳提起当年的情况仍然热血沸腾。

工程开工的前两年，解决改土土源主要采取混流泵、加压泵抽淤。然而，受黄河来水来沙的影响及远距离、长管道输送泥沙的制约，不仅远远不能满足工程施工进度的要求，而且在人、财、物等方面也造成了很大的浪费。尽管实践中他们又摸索出了利用滩涂坑塘落淤放淤改土，但被动局面仍无多大改观。特别是“96·8”那场大洪水，一夜间全部坑塘被粗沙淤填之后，施工形势更是雪上加霜。

经过总结、试验，实地查勘，分析研究，咨询专家，河南黄河河务局推出了“一河二滩三岭”的新施工方案。“一河”，即通过改变泵的运用方式，从黄河中抢淤；“二滩”，是通过对嫩滩的全面调查，在第二年洪水到来之前把可集土源抢运改土区；“三岭”，为确保工程进度，不惜代价，远距离从孟州城北青风岭上取土。

河南黄河河务局组织工程技术人员，在总结以往放淤固堤经验的基础上，不断探索，大胆实践，综合利用自流放淤、坑塘集淤、机械吹填、远距离输沙、机械改土等多种施工技术和施工工艺，解决了一个个技术难题。

1997 年 4 月，温孟滩移民安置区工程逯开高四区机械改土战役打响。地下水位高，就采取先开挖再回填的方式修筑施工道路；土壤含水量高，集土困难，调来了先进的 D85 型推土机，一次集土不成，就来第二次；干道浮土多，增加洒水次数；改土场浮土厚，影响施工车辆运行，调用抽水机洇地解决。在施工管理处积极运作下，来自河南黄河河务局的 8 家施工单位，共调集 1200 多台大型机械设备（其中自卸车 868 辆），2000 多人参加会战，仅用 45 天就完成机械改土 232.8 万立方米，大大超过了原定全年完成 140 万立方米的机械改土任务，打了一场漂亮的歼灭战。

在温孟滩移民工程建设过程中，河南黄河河务局共调集全局施工人员 3000 多名（占当时全局人数的 1/3），各种施工设备 1200 多台（套），精心组织、精心施工。各参建单位相互配合，发挥黄河人特别能吃苦、特别能战斗的精神，扎营荒滩、风餐露宿，抗严寒、斗酷暑，1999 年 12 月，高质量完成了工程建设任务。共改土方 711 万立方米，淤填量为 1285 万立方米，给移民群众交出了高质量的可耕土地。

开发式移民典范

“温孟滩工程的成功实践，扩大了土地资源，改善了生态环境，保证了移民安置。”焦作移民局局长胡卫军说，“移民工作 1992 年正式启动，至 2001 年完成了 31 个行政村 13314 户 43950 人的移民搬迁安置任务；2006 年完成了库周影响 1 个村 189 户 646 人的搬迁安置任务。”

在移民搬迁安置过程中，焦作市政府坚持“开发性移民”和“建设与生产并举、生活与生产并重”的移民安置工作方针，采取“前期补偿、补助与后期扶持相结合”和“大农业安置”的办法，以“搬得来、住得下、安得稳、富得快”为移民安置工作目标，创造了开发性移民的新模式。

仓头村是由洛阳市新安县整村搬迁至温县的，目前全村有 2300 多口人。该村党支部书记李保林至今仍记得，1998 年 5 月 28 日，接到河南省政府移民办关于仓头村安置去向的通知后，该村两委会干部立即动员村民搬迁。当年6月抵达温县招贤乡安置地后，发现分给的土地平整规范，村两委会为群众分配了土地，统一规划了宅基地，相继建成了中学、小学、幼儿园、医院、面粉厂等，最终在规定时间内完成了搬迁。

仓头村搬迁到温县后，经济发展步入快车道，村子里人才辈出。2019年是仓头村搬迁至温县的第20个年头，借着温县建设党建综合体的良好契机，仓头村修缮整合了“顺满仓”党群服务中心、“香满仓”农家书屋、“乐满仓”文化活动广场、“爱满仓”幸福院，又建设了“福满仓”村史馆。

仓头村是温孟滩众多移民村中的一个。温孟滩移民安置的成功，从以下方面可以反映：一是移民群众返迁率，温孟滩移民至今未出现返迁现象；二是从温孟滩移民开始至今未出现群体性信访事件；三是外地人员参观、考察学习和省部级领导讲话以及世行官员评价，都反映出温孟滩移民安置工作是成功的。

逐汛而行　与河共舞

沁河洪水

2021，注定是不同寻常的一年，历时百日的沁河长汛、罕见的黄河秋汛，担负着黄河、沁河两副防汛担子的焦作河务局，经历了严峻的考验。6次启动全员岗位责任制，5次启动防洪运行机制，焦作黄河人向党和人民交出了合格的答卷。

"7·11"：丹沁并涨　沉着应对

时间进入2021年7月，一次强降雨过程开始在沁河流域酝酿，雨区主要集中在沁河下游及其支流丹河。

7月11日13时30分，沁河山里泉水文站出现3800立方米每秒的洪峰流量，为建站以来最大。

当日15时54分，沁河支流丹河山路坪水文站出现1170立方米每秒的洪峰流量，为1957年以来最大流量，排建站以来第四位。

面对突如其来的汛情，焦作河务局领导班子成员分别带领6个工作组，下沉防汛一线，这一做法后来被广泛运用于河南黄河防汛工作中。

7月11日，焦作河务局协助河南省防指在沁河白马沟班组建立指挥部。焦作市县防指按照防汛预案从容应对，按照“停、降、关、撤、拆、转”的要求，在所有进滩、上堤路口设置关卡，确保沿河群众涉水安全。

此次洪水特点是：一是降雨集中；二是涨势猛，沁河山里泉站从起涨到洪峰3个小时，丹河山路坪站从起涨到洪峰仅30分钟。

然而，由于沁河下游河道多年来未有大流量行洪过程，河道干枯，且有较多杂物堆积，造成行洪不够通畅，延长传播时间。至7月13日7时，武陟站出现最高洪峰流量为368立方米每秒。

在2020年防御黄河5500立方米每秒洪水过程中，焦作首创交通管制的方法。在这次洪水过程中，焦作沿河5县（市）对黄沁河防汛相关的重要路口安排公安人员把守，所有进滩、上堤路口都有群防队员，确保防汛现场没有一个闲杂人员。

“7·23”：洪汛再起　除险加固

沁河首次洪峰过后，气象部门预计沁河流域后续仍有强降雨，焦作沿沁河各县（市）政府与河务部门强化各项措施，严阵以待，迎战可能出现的暴雨洪水。严格24小时值班，执行战时纪律，坚持24小时不间断开展“一堤一滩一河”网格化巡查巡险。

据气象专家分析，由于大气环流形势稳定，水汽条件充沛，地形降水效应显著，对流“列车效应”明显，沁河流域持续降雨，7月19日以后，沁河流量持续加大。

面对沁河罕见汛情，焦作河务局密切关注天气、雨水情变化，坚持每日会商，滚动研判汛情，牢牢把握防汛主动权；及时发布洪水预警，以市防指名义下发防汛指令15份。

焦作河务局领导班子驻守在一线、抢险队伍备战在一线、料物机械集结在一线、抢险专家下沉在一线、工作要求落实在一线、后勤物资保障在一线，全面压实“最后一公里”责任。

沿沁河务部门职工246人开展巡坝查险，21处水位观测站每30分钟观测1次河道水位，启用14个断面加强滩岸观测；应急抢险队驻守险点险段，随时做好抢大险准备；每座涵闸明确1名县级领导责任人，落实150人的护闸队；组织沿河群防队伍1.1万人上堤防守，近年来首次大规模使用群防队伍进行巡堤查险。

7月23日3时12分，沁河下游武陟水文站出现1510立方米每秒最大流量。在焦作沿沁政府、河务部门、人民群众的共同努力下，洪水顺利进入黄河。

此次行洪期间，焦作河务局对沁河险工、险段和风险隐患进行再排查，累计排查整改隐患602项。安排大型机械50余台，按照“抢早、抢小”的原则，对有出险苗头的21处工程果断抛石加固，保障了洪水期工程运行正常。

“8·23”：暴雨来袭　严阵以待

7月31日起，郑州发生新一轮新冠疫情，“8·23”强降雨来临时，疫情尚未完全结束。

为全面防御黄河流域新一轮强降雨，黄委根据当时防汛形势于8月21日12时发布黄河中下游汛情黄色预警，启动黄河水旱灾害防御Ⅲ级应急响应。

8月21日晚，在河南黄河河务局防汛视频会商会后，焦作河务局召开紧急防汛视频会商会，专题部署本轮强降雨应对工作。根据全员岗位责任制的相关要求，各职能组全部到位，机关下沉人员22日迅速到位。

8月22日至23日，焦作河务局按照上级要求，组织市局机关131人（占总人数的86%）、县局475人（占总人数的89%）下沉一线，与一线巡查人员204人、群防队伍2080人开展巡堤查险，全力做好各类灾害防御工作，确保焦作黄沁河防洪安全。

在此次迎战强降雨可能带来洪水的过程中，焦作河务局率先按照省局要求，按照1∶3的比例落实群防队员。

在黄沁河防洪工程一线，焦作河务局党员骨干、中层干部、班子成员组成了“党员先锋队”，主动承担值班值守任务。防汛业务骨干、机动抢险队员加大防洪工程巡坝查险，及时上报水情工情等信息。在河务部门与沿河群防队伍共同努力下，焦作黄沁河又一次度过了暴雨过程。

“9·27”：迎战秋汛　枕戈待旦

进入9月，正当人们想松一口气时，受新一轮降雨和河口村水库泄洪影响，沁河下游迎来新一轮洪水过程，9月27日15时24分，武陟水文站流

下沉人员在黄河老田庵控导33坝查看水尺

黄河控导工程除险加固作业

量 2000 立方米每秒，刷新 1982 年以来沁河洪峰纪录。

同时，黄河流量也在加大。从 9 月 27 日至 10 月 5 日，9 天之内黄河发生了 3 次编号洪水。

焦作河务局 9 月 26 日第 6 次启动全员岗位责任制，机关人员继续下沉一线。全局动员，在防汛一线成立临时党支部，以实现“不死人、不漫滩、不跑坝”为防御目标，发扬连续作战的工作作风，压紧落实各项责任。

充分利用焦作市防指机构平台，建立“1+3+5+N”指挥体系，河务局、应急局、水利局密切配合，在沿河 5 个县成立抢险指挥部，与公安、消防、电力、武警等部门沟通协作，预置抢险队伍，严格交通管制，保障电力供应，高效落实防汛责任和防汛指令。

在 37 处重点控导、险工工程，配备挖掘机、装载机、自卸车共 202 台（套）；沿河各县（市）预置 5 支抢险救援队伍。认真盘点石料、铅丝等主要抢险料物的消耗情况，协调地方政府及时补充防汛料物。

对防洪工程薄弱部位、易出险部位提前进行除险加固，9 月 26 日以来，对黄河 6 处工程的 69 道坝、沁河 13 处工程的 39 道坝垛进行除险加固，提升工程抗洪能力，确保不出现较大以上险情。

积极协调电力部门做好重点防洪工程网线供电保障，在34处重点防守工程架设电力线路25公里，布设57台发电照明设备和138处路灯。

在黄河6处工程安排公交车、救护车，方便一线人员的生活，保障医疗卫生。

为坚守防洪一线的党员配发红袖章，让一线党员亮明身份戴“章”上岗，一面面活的“党旗”高高飘扬在抗洪抢险的最前沿；成立决战临时党支部，以党旗引领战旗，筑牢战斗堡垒。14个基层党组织、19支党员突击队、11支党员志愿服务队、300余名党员始终奋战在焦作黄（沁）河防汛抗洪最前沿。

黄河秋汛防御战当前已进入决胜期，焦作黄河人将用专业和坚守，全力夺取黄沁河防汛最后的胜利！

京汉铁桥风云

京汉铁路黄河铁桥遗址

京汉铁路最初称卢汉铁路，1895 年底清政府决议兴建。1898 年 6 月确定由比利时主持铁路建设，黄河铁路大桥桥址最终选定在“岸坚滩窄”的郑州荥泽广武山头与武陟詹店之间。1905 年 9 月，京汉铁路南北两段在武陟詹店附近接轨；11 月 12 日，黄河大桥告竣。1906 年 4 月 1 日，清政府举行通车仪式，卢汉铁路也正式更名为京汉铁路。

人民治黄后，从 1949 年冬到 1951 年 10 月，先后进行五次加固作业，最后更换了全部钢梁，降落九个高墩，修复或重建九个坏墩，更换了 100 孔桥面钢梁，当时由袁蓬所写的《解开京汉线上的“死疙瘩”》，详细记述了修复经过。此时桥梁全长 2951 米，共 100 孔，北端 25 孔及南端 23 孔跨度为32米，中间52孔跨度为23米。1958年黄河发生大洪水，11号桥墩被冲倒，冲走相邻两孔钢梁，抢修时修复为三孔上承钢桁梁，跨度依次为16米、32米及9.87米，至此大桥又成101孔。

1960年4月20日，新建的京广铁路复线黄河大桥投用后，老黄河铁桥封存备用。1966年，为发挥其使用价值，开始用轨道车牵引平板车装运汽车过往黄河。1969年，由郑州铁路局在桥面上加铺了钢筋混凝土桥面板，成为单行道的公路桥，虽然每次放行都要等待两三个小时，但在当时依然是最为快捷的南北大通道，笔者也曾有幸在1987年5月7日，为去南岸黄河游览区游玩，与三个同学搭坐拉煤、拉水泥的卡车来回经过了一次，车行至窄桥上面，脚下大河涌动，时有惊心动魄之感，复增荡气回肠之情。未几，随着郑州黄河公路大桥的开通，1987年7月，饱经风雨烟云的老铁桥就彻底“退休”，除留下南岸五孔作为“工业文物”外，其余钢梁全部拆除，但历年抛下的护桥片石却已形成了一道拦河堰坝，滔滔黄水到此，激流澎湃而下，反倒成了壮观的黄河一景。

2014年5月16日，新建的京广线（郑焦城际）黄河大桥京广线桥率先

黄河南岸仅存的五孔铁桥

通车，老京广桥同时宣告退役。巧合的是，京汉铁路黄河铁桥从1906年通车到1960年退役是54年，京广铁路黄河桥从1960年通车到2014年退役也是54年，真可谓“沧桑巨变谁能料，代代新桥替旧桥”。2015年6月26日，郑焦城际铁路黄河大桥也正式通车，历史至此，又翻开了新的一页！

新老京广线交会处列车呼啸驶过

铁路闸口沧桑

京广铁路，南北动脉；万里黄河，九曲东流。就在铁路与黄河纵横交错的地方，形成一个重要的地标。这个地标风云际会、沧桑巨变。

1905 年（清光绪三十一年）11 月 15 日，黄河上首座铁路大桥建成，次年 4 月 1 日，京汉铁路全线通车。铁路在武陟境内长约 14 公里，在詹店村东南穿越黄河左堤 K84+012 处。

武陟沁河口以下至詹店约 18 里，在康熙末年以前原无堤防。按 1986 年版《河南黄河志》的说法：当沁、黄并涨时，听其流入水寨及原武之黑羊山沙地，水势宽平，不致冲溢。据《行水金鉴》记载："留此无堤之十八里，以备宣泄。"实寓有分洪之意，当地群众称为禹王故道。

康熙六十年（1721）八月，河决武陟詹家店、马营、魏家庄，大水经滑县、长垣、东明，至张秋，淤塞运河粮道，震惊朝野。朝廷派钦差大臣、河道与地方官员在口门外滩上建钉船帮拦河坝，挑水南行后堵复詹店、马营决口。康熙六十一年（1722）正月凌汛再次决口，又在钉船帮大坝下首修建秦家厂大坝，并修筑 18 里遥堤。

黄河下游堤间距离一般在七八公里到 15 公里。如果康熙末年至雍正初年不在武陟堵口修堤筑坝，从邙山头到詹店长度为 7 公里多，而且詹店段堤防背河属分洪区域。从邙山头往詹店建桥的优势并不明显。

京汉铁路开通后，詹店处黄河大堤由此出现的缺口成为黄河防洪险点。1933 年 8 月上旬，黄河发生 22000 立方米每秒洪水，詹店黄河大堤决开 26 米，淹没村庄 10 个。1957 年武汉长江大桥建成通车后，京汉铁路与粤汉铁路接轨，改名京广铁路。1958 年黄河发生 22300 立方米每秒特大洪水，黄河铁路桥遭受重创，导致京广铁路停运，当年 7 月 28 日和 8 月 5 日，周恩来两次到黄河大桥视察抗洪工作。满目疮痍的大桥被鉴定为不适合通行火车，当年在老桥下游 500 米处兴建第二座铁路桥。为防御大洪水，在原铁路穿越黄河左堤处，建起一座两孔木质叠梁闸门。

1960 年 4 月 20 日，第二座铁路桥通车，时速 80 公里，实行复线运行。第一座铁路桥改为公路桥，至 1987 年拆除。20 世纪 60—80 年代，黄河大堤经过三次复堤加高，詹店铁路口闸急需提高标准，1984 年铁路部门将木质闸门改建为钢筋混凝土结构。

这座钢筋混凝土闸桥运行十几年后，闸墩开始出现倾斜，并且 T 型梁出现较大范围的裂缝，同时 T 型梁还出现混凝土碳化、钢筋锈蚀、支座变位和支座撕裂等严重病害。为保证京广铁路安全运行，河务部门 2003 年采取了限制车辆通行措施。但据观测，该闸桥边墩每年仍以 2 毫米的速度继续倾斜。2005 年河务部门出资对该闸桥进行了结构性能检测，根据现状分析报告和检测报告，组织有关专家进行安全鉴定。其鉴定结果为：该闸技术状况为四类、五类桥，建议对该闸桥进行拆除重建。新乡桥工段 2010 年对铁路闸口桥和启闭机房拆除重建，提高闸桥防洪标准，改进了铁路与公路通行能力。

随着社会发展和科技进步，2014 年 5 月 16 日，新建郑州至焦作铁路暨改建京广铁路黄河特大桥通车，设计时速分别为 250 公里和 160 公里。兼顾高速与重载，是黄河上第一座四线铁路特大型桥梁。

随着第三座新建黄河特大桥通车，铁路新的运行线路改在詹店西边的李庄跨越黄河大堤，经由詹店的这段铁路线废弃，詹店铁路口闸桥的历史使命就此结束。

多年来，詹店铁路口一直是防洪重点，每到汛期，铁路部门、河务部门和地方政府都要联合制定詹店铁路口度汛预案，组织机动抢险队准备在洪水发生时围堵铁路口。鉴于铁路不再由此通过，为消除防洪隐患，2016 年 8 月，由河南城际铁路有限公司出资，焦作河务局代建对詹店铁路口闸桥进行了拆除并将缺口堵复。工程包括堤防缺口段堵复 130 米（K83+947 ~ 84+077），恢复淤背区宽100米、长360米（K83+967 ~ 84+327）。2017年6月工程完工，恢复了标准化堤防，彻底消除了该处黄河大堤的防洪隐患。

京广铁路穿黄河左堤闸口遗址历经风雨，见证了中华民族百余年的荣辱兴衰和近代治黄史。遥想当年，京汉铁路的开通，打破了中国依赖水道与驿路的传统交通网络格局；60年前，京广铁路全线贯通，连接6座省会、直辖市，以及多座大中城市，成为中国线路最长、运输最为繁忙的铁路，在国民经济建设中具有极其重要的战略地位。而黄河左堤铁路闸口的变迁，从一个缩影见证了中国铁路的发展以及中华民族的繁荣富强。

南水北调如何通过黄河

我国是一个水资源丰富的国家，同时又是一个缺水的国家。水资源丰富指的是总量丰富，缺水指的是人均水资源占有量低，以及水资源分配不均。其实不仅是水资源，我国其他资源也是如此，总量非常丰富，但平均到每个人，就会比较低，原因也很简单，人口太多。所以，很多人口集中的地区就会比较缺水，此外水资源分配不均，更加剧了这种缺水的问题。比如华北平原，是我国的人口密集区，这一地区非常缺水，为了解决缺水的问题，我国便建设了南水北调工程。

南水北调，简单来说就是要把南方的水调到北方，以解决这种水资源分配不均的问题。我国南方多大江大河，径流量充足，所以将充足的南水调往北方，就可以解决华北一带的缺水问题，保证华北地区的人口承载能力，促进华北经济的发展。

其实调水工程，在全世界范围内的建设都比较广泛，比如美国的东水西调工程，解决了加利福尼亚缺水的问题，以色列的北水南调工程，解决了以色列南部缺水的问题。所以，调水工程是一个解决水资源分配不均的好办法，只不过建设的难度比较大，需要强大的国力支撑，否则很难实施。

我国的南水北调总计规划了三条调水线路，将南北走向的调水线路，与长江，淮河，黄河，海河沟通，形成四纵三横的调水格局。具体的建设方案，看起来比较简单，但真正实施，却非常困难，其中存在很多可以预见和不可预见的问题，都要在实际的建设中，分别克服和解决。就比如通过黄河的问题，是一个可以预见，并且必须解决的问题。

黄河是我国的第二长河，流经北方多个省级行政区，所以南水北调必须要经过黄河，但黄河下游却是地上河。所谓地上河也叫“地上悬河”，指的是河床高出两岸地面的河。地上河的形成，主要是因为黄河流域水土流失严重，黄河水的含沙量太大，久而久之，泥沙在河道不断沉积，就会导致河床不断升高，形成了地上河。现在黄河地上河的部分河床滩面已经高出背河地面数米。真可谓名副其实的“地上悬河”。那么南水北调怎么通过黄河呢？

直接沟通肯定不行，俗话说，水往低处流，如果直接沟通，黄河水就会流入南水北调的河道，后果不堪设想。所以，为了解决南水北调通过黄河的问题，我国建设了穿黄工程。具体的方案是，在黄河下方建设穿黄隧道，使南水从黄河下方流到北方。

穿黄工程全长 19.3 公里，主体工程由南、北岸渠道、南岸退水洞、进口建筑物、穿黄隧洞、出口建筑物、北岸防护堤等等多项大工程组成。其中最引人瞩目的也是难度最大的工程当属穿黄隧洞，单洞达到了 4250 米，建设过程极为复杂。

不过最终施工人员还是克服了各种困难，成功建成了穿黄工程。这样一来，北上的长江水就可以通过穿黄隧洞与黄河形成立体交叉，江水不犯河水之势，从而保障了南水北调工程的顺利完成。

南水北调穿黄工程位于黄河南岸的郑州荥阳市和北岸的焦作温县境内。

后 记

黄河是中华民族的母亲河，是中华民族和中华文明赖以生存发展的宝贵资源。为深入挖掘黄河文化蕴含的时代价值，讲好“黄河故事”，河南黄河河务局筹划了“河南黄河故事丛书”。《河南黄河故事·焦作卷》作为丛书中的第一本，我们倍感压力与责任。

本书的编写出版，历时两载，几易其稿。2021 年年初，焦作黄河河务局即组织编写人员多方搜集整理资料，当年 9 月，完成初稿。2022 年 3 月，河南黄河河务局温小国、赵炜、李锟等专家对全书初稿进行了细致审校，在吸收同类书籍优点的基础上，对编写内容进行整合，并敲定了初稿修订的具体细节。6 月 15 日，来自河南黄河河务局、华北水利水电大学、焦作日报社等单位的 5 名专家，再次对全书架构、内容等进行研讨，将全书分为厚重怀川、山川地理、文物古迹、历史名人、人民治黄、民间传说等 6 个部分，增删了不少篇目，使本书趋向完善成熟。8 月 18 日，编委会召开定稿会，邀请侯全亮、赵炜、李锟三位专家对书稿进行了修改细化，并对所有篇目进行逐一筛选。经过多次会商和修订，最终呈现给读者这部作品。

在编撰过程中，我们从《长河惊鸿》《龙源传说》《华北轴》《河图济书》《沁阳市地名志》《孟县地名志》中汲取了丰富养分。本书是一部集体创作，真诚感谢为本书供稿的温小国、赵炜、杨保红、王保成、荆小斌、郝梦丹、冯艳玲、彭立新，为体例规范，这些作者没有署名。同时，焦作河务局所属各单位原斌斌、成素霞、王燕、牛群、文迪、王峭旭等同志也为本书做了一些工作或提供了帮助，在此表示感谢。该书宗旨是传承弘扬黄河文化，没有盈利的目的，所引用文章多与作者联系，个别篇目没能与作者取得联系，在此深表歉意。

弘扬黄河文化，讲好黄河故事。在编写过程中，我们虽然做了大量的工作，但与黄河文化悠久灿烂的历史相比，仍显得十分渺小。由于能力和水平所限，纰漏错讹在所难免，敬请广大读者不吝赐教，批评指正。

《河南黄河故事·焦作卷》编写组

2022 年 11 月